KB092660

# 우연의 신

손보미

# 우연의 신

## 손보미

소설

PIN

010

# 차례

PIN

010

# 우연의 신

손보미

# 1. 포화 상태

그날, 그는 밤 비행기를 타고 방콕으로 휴가를 떠날 계획이었다. 휴가를 결정하자마자 비행기표를 예약해두었고, 수완나품 공항에 도착할 시간—밤 열두 시 반—에 맞추어 택시도 미리 불러놓았다. 그는 인피니티 풀과 조식이 훌륭하기로 이름난 호텔에서 나흘 밤을 머물 생각이었다. 그리고 호텔 꼭대기—그건 진짜 말 그대로 꼭대기에 있어서 천장이 없었다—에 있는 루프탑 바에서 끝내주는 술과 음악에 둘러싸일 예정이었다. 그리고, 여자들. 여자들에게도. 그는 제 나이보다 어려 보였고, 미남이었다. 그도 자신이 미남이라는 걸 알고 있었다. 하지만 정말로 중요한 건, 그가 '지나치게 잘생긴' 미남이 아니라는 데 있었다. 그는 어딘가에서 첫 번째로 눈에 띄는 스타일은 아니었다. 오히려 눈에 띄지 않는 쪽에 가까웠지만 그와 눈을 한번 마주치거나 주의를 기울이게 되면, 누구라도 그의 존재를 의식하지 않을 수 없었다. 그리고 집으로 돌아가는 길에 아, 그 남자 참 미남이었어, 라고 자연스럽게 떠올리게 되는 식이었다. 누구라도—그게 여자든, 남자든— 그에게 거리감이나 질투심을 느끼지도 않을 것이었다. 그의 내면에 마치 잘생김의 한계선이라는 게 존재하고 있어서 매일 아침마다 그 선까지만 외모 수준이 도달하게끔 조절하는 것처럼 보일 정도로, 그의 외모는 아주 절묘했다.

실제로 그는 언제나 체중에 신경을 썼고, 항산화제를 비롯한 영양제를 종류별로 먹었다. 사람들은 그를 좋아했다. 그도 사람들과 어울리는 걸 좋아했다. 아니, 좋아한다는 표현은 틀린 것 같고, 그냥 그 일들은 자연스럽게 이루어졌다. 그는 적어도 일주일에 한 번씩은 사람들—그게 친구든,

일적으로 만나는 사람들이든─을 만나 고급 식당에서 식사를 했는데 두어 달 후까지 일정이 정해져 있을 정도였다. 물론 그를 싫어하는 사람들도 있긴 했다. 이를테면 그와 사귄 여자들. 그가 문란했다거나 충실하지 못했던 건 아니었다. 그와 사귄 여자들은 공통적으로 이렇게 말했다. "마음을 전혀 이해하지 못한다고요. 이상하리만치 말이에요." 하지만 그와 함께 일한 사람들이 이 말을 듣는다면 십중팔구는 고개를 갸웃거릴 터였다. 경찰대를 졸업한 후, 그는 3년 동안의 경찰청 근무를 뒤로하고, 스물아홉 살이 되던 해에 '민간 조사원'이 되었다. 물론 그가 직업을 바꾸기 위해 심혈을 기울여 계획했다는 것은 두말할 필요도 없다. 민간 조사원이 된 후, 그는 주로 대형 로펌에서 근무하는 변호사들의 일을 봐주었다. 그는 영어와 프랑스어에 능통했고, 다른 누군가를 미행하거나, 약점을 잡고, 정보를 빼오는 데 무척 유능했다. 의뢰인의 시선으로 '누군가'를 생각할 것, 그리고 반대로 '누군가'의 시선으로 의뢰인을 생각할 것, 훌륭한 '조사'를 할 때, 명심해야 하는 건 자기 자신을 없애는 거야, 그는 자신만만했다. 마치 눈을 갈아 끼우는 것처럼, 다른 사람의 눈으로 무언가를 보는 것. 그는 그걸 할 수 있었다. 그를 고용하고 싶어 하는 일급 변호사들이 줄을 서 있었다. 함께 일을 해본 변호사들은 그를 이렇게 평가했다. "대화를 잘하죠. 상대방의 심리를 아주 잘 파고든다고나 할까요." 다른 누군가는 이렇게 말하기도 한다. "일종의 미남계 아니겠습니까?" 그러고는 손사래를 치며 농담이라고 얼버무리는 것이다.

그의 사무실은 지방경찰청과 그리 멀지 않은 빌딩의 꼭대기 층에 위치했다. 맡은 일은 절대로 밖으로 새어 나가지 않았고 의뢰자들끼리 마주칠 일은 절대로 없었다. 의뢰인들은 거기에 도착하면 항상 어리둥절한 기분을 느꼈다. 그들은 사면이 온통 민트색으로 칠해진 대기실에 앉아 있다가 접수원이 이름을 불러주면 사무실로 들어갈 수 있었다. 사방이 진회색으로 칠해진, 탁 트인 사무실에는 커다란 창을 등진 자리에 떡갈나무 소재의 책상이 놓여 있었고 바닥의 중앙에는 붉은색 카펫이 깔려 있었다. 창문으로 바깥을 내려다볼 수 있었지만 대개 그는 커다란 베니션 블라인드를 쳐놓았고 하루 종일 등을 켜두었다. 저 아래, 도로는 언제나 차로 혼잡했다. 그는 그런 걸 내다보는 게 싫었다. 그의 집은 사무실에서 나와 차를 몰고 다리를 하나 건너면 도착할 수 있었다. 그의 집에서 3킬로미터 정도 떨어진 곳에는 거대한 대관람차가 있었지만, 그는 그걸 한 번도 타본 적이 없었다. 대관람차는 18년 전에 세워졌다. 그는 서울시에서 착공 결정을 내리기까지 있었던 여러 가지 잡음과 의견 충돌을 기억하고 있었다. 그는 그런 걸 잊어버리는 법이 없었다. 그의 집에는 방이 세 개, 화장실이 두 개 있었다. 거실 창문으로 한강을 내려다볼 수 있었지만 역시 거의 커튼이 쳐져 있었다. 방 하나는 드레스룸으로 이용했는데 거기에는 고급 소재의 셔츠와 스웨터, 바지와 재킷 등이 한 치의 오차도 없이 깔끔하게 걸려 있었다.

1년에 한 번 그는 꼭 외국으로 혼자 여행을 떠났다. 여행을 떠나 있는 며칠 동안 그는 정말로 필요한 순간이 아니라면 거의 말을 하지 않았다. 그리고 집으로 돌아오는 비행기 안에서는 옆자리에 앉아 있는 사람에게 먼저 말을 걸었다. 그가 말 거는 걸 불쾌해하거나 피하는 사람은 **한 명도** 없었다. 처음 말을 걸 때, 그러니까 실례합니다, 라든지 스카프가 무척 아름답군요, 라든지 집으로 돌아가시는 중이십니까? 라는 자기 자신의 목소리가 공기의 파동을 타고 다시 자기 자신의 귀에 도착하는 그런 순간이 있었다. 처음에는 이루 말할 수 없을 정도로 낯설지만 그게 자신의 일부라는 걸 **받아들이게** 되는. 그 느낌이 그에게는 중요했다. 리-프레시. 민간 조사원 일을 시작한 후로 7년 동안 그는 한 번도 이 일정을 취소해본 적이 없었다. 휴가 일정이 매해 일정하게 정해져 있는 건 아니었다. 그건 알아차리는 것에 가까웠다. 그는 그걸 '포화 상태'라고 불렀다. '포화 상태'에 다다르기 바로 직전, 그는 알아차릴 수 있었다. 그의 휴가는 이미 그 계통에는 너무나 잘 알려진 사실이어서 의뢰 전화를 한 쪽은 그가 휴가를 떠나기로 했다고 하면 이렇게 질문했다. "이번에는 며칠 후에 돌아오시죠?" 2년 전에는 그런 사실을 잘 몰랐던 초짜 변호사가 떠나지 말고 자신의 일을 맡아달라면서 거들먹거리며 엄청난 액수의 돈을 제시한 적이 있었다. 그는 부드러운 목소리로 초짜 변호사에게 이렇게만 말했다. "제가 돌아올 때까지 기다리세요." 여행에서 돌아온 후 그는 초짜 변호사의 일을 가장 먼저 맡아서, 무료로 해결해줬다. 그리고 그들은 돈독한 사이가 되었다.

하지만, 그는 그날 밤 방콕행 비행기를 타지 못했다. 아니, 타지 않았다, 라고 표현하는 게 옳을까? 나중에, 그러니까 아주 오랜 시간이 흐른 후까지도 가끔 그는 자신이 왜 그랬는지 반문해보곤 했다. 회한에 잠긴다거나 후회를 하는 건 아니었다. 그는 자신이 처음으로 '운명'이라는 단어를 떠올렸을 때를 기억했다. 그때, 그는 그 단어를 떠올리고 소스라치게 놀랐다. 그 당시 그는 자신의 인생을 설명할 때 '운명'이라는 단어를 사용하는 사람들을 은근히 경멸하곤 했다. "그 일은 내겐 운명이었어요"라고 말하는 사람들. 그가 정보를 빼돌리거나 미행을 했던 사람들 중에도 그런 사람들이 있었다. 그들은 자신이 하는 일에 굉장한 사명이 있다고 믿었다. 거기까지 생각이 미치면 그는 자신의 선택에는 어떤 사명이 있는지 궁금해지곤 했다. 과연 그런 것이 있기는 했을까? '운명'이라는 단어와 '사명'이라는 단어를 이런 식으로 혼합해서 사용하는 게 과연 온당한가? 물론 그날 '일'이 있긴 했다. 그 일들이 그의 마음의 무언가를 움직일 정도로 굉장히 특이한 것들이었던가? 아니면 하나의 사태가 일단락되고 나자, 그제야 비로소 흩어져 있었던―그렇지만 실제로는 아무런 의미도 없는― 일들이 마치 중요한 사명이라도 띠고 있었다는 듯이 그의 눈앞에 떠오르는 것인가?

우선, 그날 아침, 그는 한이 죽었다는 소식을 들었다. 그 소식을 알려준 건 초짜 변호사였다(물론 이제 그는 더 이상 초짜 변호사가 아니다). 양치질을 한 후 커피를 만들고 있는데 전화벨이 울렸다. 한이 죽었다는 초짜 변호사의 말에 그는 한동안 한이 누구인지 떠올리느라 애를 쓰고 있었다. 초짜 변호사는 자신의 고등학교 선배인 장을 잘 따랐다. 장은 몇 년 전에 일련의 일들에 휩싸여 지방으로 좌천된 인물이었다. 그래, 한은 장이 근무하는 지역 파출소의 말단 순경이었지. 초짜 변호사는 가끔 장과 한을 만나곤 했다. 하지만 정작 그는 그들을 한 번도 만난 적이 없었다. 그는 그저 초짜 변호사의 입을 통해 그들의 이야기를 전해 들었을 뿐이었다. 그러니까, 아는 사이라고 할 수도 없었다.

"저런, 그이가 몇 살이었지?"

그는 정말로 한이 죽은 게 유감이라고 생각했고, 동시에 정말로 한의 나이가 궁금했다.

"서른셋."

한은 겨우 서른세 살의 나이에 췌장암으로 죽었다.

"일을 줄여야 할까봐."

초짜 변호사가 침울한 목소리로 말했다.

"그러는 것도 좋겠지."

"하지만 그럴 수가 없어."

그는 전화기를 귀와 어깨 사이에 낀 채로, 전날

작성해둔 메모지를 보면서 방콕으로 가져가야 할 짐을 마지막으로 체크했다.

"좋겠어, 넌 떠나고 싶을 때, 언제나 떠날 수 있으니 말이야. 일도 하고 싶을 때만 하고."

그는 메모지에 적힌 사항들을 확인하고 줄을 그으면서 대답했다. 속옷, 영양제와 화장품, 나흘 동안 갈아입을 옷—심지어 그는 낮에 입을 옷과 밤에 입을 옷을 따로 챙겨두었다—, 갈아 신을 신발……

"넌 엄청나게 미인인 아내와 토끼 같은 자식이 있잖아. 앓는 소리 그만해, 네가 암에 걸릴 일도 없어. 그런 건 **아무나** 걸리는 게 아니야. 돌아올 때 제수씨와 조카를 위한 선물을 사다 줄게, 기운 내."

전화를 끊고 그는 저지방 그릭 요거트와 견과류를 먹은 후에 소파에 앉아서 티브이 뉴스를 보았다. 그러다가 스르르 잠이 들었다. 좀처럼 없는 일이었다. 그는 잠은 언제나 침대에서 잤다. 미행을 하는 도중 차 안에서 쪽잠을 잔 적도 없었다. 잠은 침대에서, 그건 그의 모토 중 하나였다. 꿈에서 그는 일본식 카레를 파는 식당에 들어간 참이었다. 하지만 주방장은 그에게는 줄 수 없다고 했다. 무엇을? 그는 주방장의 목소리가 어디선가 들어본 적이 있다고 느꼈다. 주방장과 마주하고 있었지만, 얼굴을 볼 수 없었다. 마치 얼굴 위로 윤곽이 딱 들어맞는 아주 얇은 검정색 천을 덮어놓은 것처럼. 아니, 초점이 맞지 않은 카메라처럼. 그리고 장면의 전환. 주방장은 빨간 벽돌 건물의 벽에 붙어 있는 철제 사다리를 타고 어디론가 올라가기 시작했다. 그는 주방장을 쫓아가려고 애썼다. 그리고 별안간 어디선가 들려오는 경보음⋯⋯ 폭발⋯⋯ 18일⋯⋯ 새벽⋯⋯ 뉴욕⋯⋯ 첼시⋯⋯ 부서졌⋯⋯습니다⋯⋯ 부상자가⋯⋯ 스물⋯⋯. 그의 손에서 티브이 리모컨이 떨어졌다. 그는 몸을 일으켜서 티브이 화면을 주시했다. 눈앞이 흐렸다. 그는 두 손으로 눈을 문질렀다. 카메라는 사진을 한 장 비추고 있었다. 붕괴된 건물 옆 도로에는 파편이 여기저기 흩어져 있다. 그리고 안전모를 쓴 남자가 삽을 들고 어디론가 걸어가고 있다. 누군가를 도우러 가는 길인 걸까?

남자는 너무 조그맣게 찍혀 있어서 얼굴 표정이 보이지 않았다. 한동안 그는 그대로 가만히 앉아만 있었다. 기분이 이상했다. 괜찮아, 리-프레시가 이래서 필요한 거지. 난 지금 포화 상태야. 그래서 그런 거야. 그는 그렇게 생각하며 소파에서 일어났다.

## 2. 내 말을 이해하시겠습니까?

　　그는 저녁 여덟 시 비행기를 탈 예정이었다. 그
는 언제나 출국 세 시간 전에 자신의 파사트를 직
접 몰고 공항으로 가서 주차장에 차를 대고 비행
기에 올랐다. 그날, 그가 나갈 준비를 끝내고 트
렁크에 짐을 실은 시간은 한 시 반이었다. 공항에
가기 전에 먼저 포시즌스호텔의 라운지 바에 들
르기로 되어 있었다. 그런 일도 가끔 있었다. 갑
작스럽게—일요일이라고 할지라도— '거래처'의
고위직이 만나자고 하는 경우. 전날 점심때 갑자
기 Y 법무법인의 대표 변호사 중 한 명이 그에
게 전화를 걸어서 잠깐 만날 수 있느냐고 물었다.

"차 한 잔만 함께 마시면 그걸로 충분해. 너무 야박하게 굴지 말라고." 그는 일단 전화를 끊고 한 시간 후에 다시 전화를 걸어 약속 장소와 시간을 잡았었다. 차 한 잔만 마시고 공항으로 간다면 시간은 충분할 터였다.

포시즌스호텔 2층의 라운지 바는 텅 비어 있었다. 평소라면 늦잠을 잔 사람들이 느긋하게 외출해서 커피나 애프터눈 티를 마시느라 북적거릴 시간이었지만, 쇼스타코비치의 피아노 협주곡 2번만이 라운지 바 구석구석을 조심스럽게 감돌고 있었다. 라운지 바 안쪽에는 고급 라탄 칸막이로 바깥과 약간 분리된 공간이 있었다. 그는 잠깐 서서 그쪽을 바라보다가 천천히 걷기 시작했다. 라탄 칸막이를 지나치자, ㄷ 자 모양으로 놓인 소파의 양쪽에 앉아 있는 사람들이 보였다. 사람들? 대표 변호사 옆에는 그가 생전 처음 보는 남자가 앉아 있었다. 대표 변호사는 앉은 채로 그에게 알은척을 했고, 처음 보는 남자는 일어나서 그에게 명함을 건넸다. 명함에는 영어로 쓰인 이름—kim shino—과 이메일 주소만 있었다. 키가 무척 작고 얼굴도 조그마한 50대 후반 정도의 이 남자는 대단한 멋쟁이였다. 2대 8 가르마를 낸 후 머리카락을 머리통에 완전히 딱 달라붙였고 까만색 정장 상의에는 행커치프가 꽂혀 있었으며 소매 끝에는 커프스단추가 반짝거렸다. 첼시부츠를 신었는데, 바지 밑단이 약간 말려 올라가 있었다. 명함을 건네준 남자는 자리에 앉아서 다리를 꼰 후에 그를 올려다보았지만 그는 자신이 어떤 말을 해야 할지, 어떤 표정을 지어야 할지 결정할 수가 없었다. 대표 변호사가 남자에게 양해를 구한 후 그를 라탄 칸막이 밖으로 데리고 나갔다. 그리고 한껏 낮춘 목소리로 말했다.

"이 계통에서 가장 훌륭한 사람을 소개해달라는데, 그건 바로 자네 아닌가. 게다가 내일 아침 비행기로 바로 미국으로 돌아가야 한다고 해서 말이야. 내게 중요한 손님이니 다정하게 대해주게. 일을 꼭 맡아서 할 필욘 없어. 물론 자네가 더 잘 알겠지. 이야기를 들어만주고 그냥 돌려보내는 것도 자네 장기 중 하나니까. 내 체면이 깎이지만 않게 해달라는 말이네."

대표 변호사는 어깨를 한번 으쓱거린 후 라탄 칸막이 안으로 들어갔다. 역시 목소리를 낮추어 뭔가를 이야기하는 모양이었다. 잠시 후 다시 모습을 나타낸 대표 변호사는 그의 어깨를 두어 번 두드리고 사라졌다. 그는 눈을 한번 감았다 떴다. 아침의 그 느낌—무언가 초점이 어긋난 것 같고 눈앞에 얇은 막이 덧씌워진 것 같은—은 지속되고 있었다. 칸막이 안쪽의 남자는 조용했다. 어차피 그가 자신의 앞에 앉게 되리라는 것을 확신이라도 한다는 듯. 남자의 확신은 맞았다. 그는 '거래처'의 고위직을 완전히 무시할 수가 없는 처지였다. 칸막이 안쪽으로 들어가 남자와 마주 앉았다. 테이블 위에는 핑거 푸드와 차가 놓여 있었다.

"차를 한 잔 더 주문할까요?"

"아니요. 괜찮습니다."

그리고 덧붙였다.

"제가 시간이 그리 많지 않습니다. 용건이 있다면 빨리 말씀하시는 편이 좋을 것 같습니다만."

남자가 고개를 끄덕이며 차를 한 모금 마신 후

내려놓았다. 그는 그런 남자를 계속 바라보고 있었다. 남자의 모습 중 무언가가 그의 마음을 불편하게 만들고 있었다. 하지만 그게 뭔지 콕 집어 말할 수도 없었다.

"88서울올림픽이 있던 해에 이곳을 떠난 후로 처음 와봅니다. 정말 많이 변했더군요. 이곳은……. 한국을 떠날 당시 저는 스물다섯 살이었습니다. 다시는 한국 땅을 밟지 않겠다고 다짐했었죠. 피치 못할 사정으로 한국에 와야 할 일이 몇 번 있었지만 용케 남에게 미룰 수 있었습니다. 하지만 이번에는 그럴 수가 없었죠. 비행기 안에서 저는 속이 울렁거리는 걸 겨우 참았습니다. 서울 땅을 밟으면 먼저 구토를 할 줄 알았는데, 아니더군요. 전 지금 오히려 약간 기분이 좋습니다. 제 말을 이해하시겠습니까?"

남자는 그렇게 말을 하며 옆에 놓아둔 가방에서 봉투를 꺼내 그에게 주었다.

"선생님은 아주 비싼 사람이라고 하더군요. 이건 저희가 당신의 시간을 뺏는 것에 대한 사례입니다."

"이런 건 필요 없습니다. 진짜 금방 일어나야 하거든요. 전 오늘부터 휴가입니다."

'휴가'라는 단어를 발음하고 나자 어쩐지 그는 초조해지기 시작했다.

"알고 있습니다. 하지만 때때로 사람은 자기가 원하지 않는 일을 하게 되기도 하죠. 원하지 않는 공간으로 갈 수도 있고요. 마치 지금의 저처럼 말입니다."

"한국으로 오셔서 뜻밖에도 기분이 좋아지셨다 하지 않으셨습니까?"

그 말을 던지고 나서야 그는 비로소 아차 싶었다. 남자가 빙그레 웃었다.

"맞습니다. 그러니까, 선생님에게도 그런 기회가 찾아갈 수 있다는 말입니다. 게다가 제가 요청하려는 일은 그렇게 힘들지도, 까다롭지도 않습니다. 실질적으로 할 일도 거의 없죠. 뭐랄까, 그저 눈알만 그리면 되는 겁니다. 그리 오랜 시간이 걸리지도 않을 겁니다."

남자는 마지막 문장을 영어로 다시 한 번 반복했다. 테크너컬리, 데어 이즈 앱솔루툴리 나씽 유니드 투 두. 눈알? 아, 화룡점정. 남자의 영어 발음에는 오랫동안 한국어를 모국어로 사용한 흔적이 여전히 남아 있었다. 그런 식으로 한번 새겨진 건 좀처럼 사라지지 않는 법이니까. 한편으로는 한국을 그토록 오래 떠나 있던 사람치고 한국어 구사가 무척 뛰어난 편이기도 했다. 하지만, 화룡점정이라니. 그런 걸 어떻게 여전히 기억하고 있을까?

"제가 한국을 떠날 때, 책 한 권을 가지고 갔습니다. 정말 제 수중에는 그 책 한 권이 전부였습니다. 저는 그걸 반복해서 읽고 또 읽었죠."

"제목이 뭐였습니까?"

두 번째 아차, 였다.

"그건 나중에 알려드리겠습니다."

나중에 알려주겠다니, 그는 자신이 완전히 말려들어가고 있다는 걸 깨달았다. 이 대화에서 계속 점수를 잃고 있어, 그는 패배를 인정한다는 듯이 손목시계를 보았다. 두 시 반. 공항에는 다섯 시까지 도착하면 된다. 이 남자는 나의 한 시간 정도를 가져갈 자격이 있어, 그는 생각했다. 그의 생각을 알아차렸는지, 남자는 테이블 위에 있는 작은 종을 흔들었다. 그러자, 하얀 와이셔츠와 까만 바지를 입은 남자 직원과 여자 직원이 나타났다. 남자 손에는 티포트가 들려 있었고 여자는 찻잔과 조그만 티타이머가 올려진 쟁반을 들고 있었다. 그들은 마치 아이스댄싱을 하는 선수들처럼 유려하고 한 치의 오차도 없는 손짓과 몸짓으로 그와 남자 앞에 찻잔을 세팅해주었다. 그들이 칸막이 밖으로 사라지자 남자가 입을 열었다.

"저는 워커 가문을 위해 일하는 비서라고 할 수 있습니다. 일종의 메신저라고나 할까요? 워커 가문을 아십니까? (그는 고개를 끄덕였다.) 맞습니다. 조니 워커의 그 워커 씨 말입니다. 술을 좋아하십니까?"

그는 술을 좋아하는 편이었지만, 이번에는 고개를 가로저었다. 남자는 안타깝다는 듯 가볍게 한숨을 쉬었다.

"술을 못 마시는 건 정말 안타까운 일입니다. 세상의 기쁨 한 가지를 전혀 모르는 것이나 마찬가지이니까요."

"저는 별로 그렇게 생각하지 않습니다."

사실, 그는 그저 남자를 도발시키려고 그렇게 말한 것뿐이었다. 하지만 남자는 넘어가지 않았다.

"뭐 상관없습니다. 제가 하고 싶은 말이 그런 건 아니니까요. 게다가 우리에겐 시간도 별로 없으니 말입니다. 잘 알려져 있다시피 '조니 워커'는 1820년, 스코틀랜드의 에어셔Ayrshire에서 식품점을 운영하던 존 워커 씨로부터 시작되었습니다. 당시 술의 이름은 '조니 워커'가 아닌 '워커스 킬마넉 위스키'였죠. '조니 워커'가 탄생한 건, 존 워커 씨가 돌아가신 후 그분의 아들 알렉산더 워커 씨에 의해서였죠. 알렉산더는 처음으로 몰트 위스키와 그레인 위스키를 혼합해서 블렌디드 위스키의 시대를 열었습니다. 그에게는 특별한 방식과 완전한 비율이 있었던 겁니다. 너무나 특별해서 아무도 따라할 수 없는 그런 방식이죠. 알렉산더는 그 모든 걸 노트에 꼼꼼하게 기록해놓았습니다. 그렇지만 지금 그건 워커 가문의 소유가 아닙니다. 1940년 존 워커의 손자인 알렉산더 2

세가 조니 워커의 술과 관련된 모든 일에서 손을 뗀 후, 노트는 그 당시 함께 운영을 하고 있던 디스틸러스사로 넘어갔기 때문입니다. 그리고 디스틸러스사는 나중에 기네스에 의해 합병되고, 그리고…… 그런 식으로 노트는 이리저리 흘러 다닌 겁니다. 지금은 디아지오그룹의 소유죠. 알렉산더 2세에게는 패터슨이라는 동생이 있었습니다. 조지 패터슨 워커가 그의 풀네임입니다. 그는 술의 제조 과정을 체크하고 마케팅에도 참여를 했습니다. 조니 워커라는 술이 선풍적인 인기를 끄는 데 일조한 사람이기도 합니다. 아주 재주가 있었어요. 조니 워커 시리즈에 색깔 이름을 붙인 것도 그의 아이디어였습니다."

"잠시만요."

그는 남자의 말을 가로막았다.

"그러니까 제게 하고 싶은 말이 무엇입니까? 전 시간이 별로 없습니다."

남자는 고개를 숙이고 오른손으로 왼쪽 소매 끝에 달린 커프스단추를 만지작거렸다. 그 순간, 그는 아까부터 자신의 마음에 걸린 게 무언지 알게 되었다. 남자의 손 때문이었다. 부자연스럽게 보일 정도로 너무 잘 정리된 손톱과 주름이 하나도 보이지 않는 손. 천천히 남자가 고개를 들어 그를 바라보았다.

"선생님, 압니다. 하지만 저희에게도 시간이 별로 없습니다. 그러니까 제발 제 이야기를 끝까지 들어주실 수 없습니까?"

"하지만 비행기 시간이……."

"끝까지 들어주신다면 이 일을 맡지 않으신다 하더라도 저희가 책임을 지고 가장 긴급한 비행기표를 끊어드리겠습니다."

그는 나중에 이 장면을 다시 떠올릴 때마다 생각했다. 그가 거기에 머문 건, 남자가 순전히 '긴급한'이라는 단어를 썼기 때문이었다고, 30년 가까이 떠나 있었으면서도 유창하게 한국어를 구사하던 남자가 그 순간 그토록 어색한 단어를 썼기 때문이라고. 바로 그 사실 때문에 여행을 몇 시간 정도 지연시키는 게 자신에게 엄청나게 큰 타격은 아닐 거라고 스스로를 설득시킬 수 있었던 거라고.

"좋습니다. 계속하시죠. 다만 최대한 축약해서 이야기를 해주십시오."

남자는 한시름 놓았다는 듯한 표정으로 고개를 끄덕였다.

"원래 알렉산더 2세와 패터슨은 사이가 좋은 형제였습니다. 사업적인 결정을 할 때도 의견이 나뉘는 경우가 별로 없었습니다. 설사 그런 일이 생기더라도 서로 합의점을 찾으려고 애썼고, 결국은 찾아내곤 했죠. 다만, 화이트 라벨에 대해서만은 그렇지 못했습니다. 화이트 라벨을 아십니까? 그건 3년산으로 다소 질이 떨어지는 위스키라고 말할 수 있습니다. 그걸 고안해낸 건, 다름 아닌 알렉산더 2세였습니다. 패터슨은 화이트 라벨을 끔찍하게도 싫어해서 죽을 때까지도 그런 술을 만들어낸 알렉산더 2세를 도저히 이해하지 못했습니다. 당연히 그 당시 출시에도 결사적으로 반대했습니다. 이런 표현을 사용하는 것을 용서해주십시오. 패터슨의 표현을 그대로 따르자면, 그건 '개나 소나 사 먹는 위스키'였던 겁니다. 하지만 알렉산더 2세는 패터슨의 반대에도 불구

하고 1911년 화이트 라벨 출시를 강행합니다. 출시했다는 표현으로는 부족하고, 뭐랄까, 거의 살포한 수준이었습니다. 엄청나게 많은 양의 화이트 라벨을 생산해서 전 세계 곳곳의 주류 판매점에 진열되게 만들었던 겁니다. 처음에는 그렇게까지 할 생각이 없었지만, 패터슨이 너무 심하게 반대를 하니까 부러 그렇게 한 측면도 있었을 겁니다. 분명히 그랬을 겁니다. 그리고 그 일을 계기로 둘의 사이는 완전히 틀어져버립니다. 안타깝게도, 그렇게 우여곡절 끝에 출시된 화이트 라벨은 고작 3년 후에 생산이 중단되고 맙니다. 패터슨이 계속 난리를 쳤기 때문이기도 했지만, 무엇보다 술에 대한 평이 너무 좋지 않았던 겁니다. 그렇게까지 혹평을 받으리라고는, 알렉산더 2세도 생각하지 못했겠죠. 게다가 이미 그 '개나 소나 사 먹을 만한' 위스키는 전 세계 곳곳에 퍼져버린 후였단 말입니다.

그 후, 워커 가문에는 이런저런, 여러 가지 일들이 일어났습니다. 좋은 일도 있었고 나쁜 일도 있었죠. 아니면 좋은 일인 줄 알았는데 나쁜 일이었다던가, 반대로 나쁜 일인 줄 알았는데 좋은 일이었다던가……. 아마 선생님은 그런 건 별로 관심도 없을 겁니다. 한 가문의 흥망성쇠 같은 것 말입니다.

패터슨과 알렉산더 2세의 사이가 완전히 틀어져버린 채로, 1926년 패터슨은 사망하고 맙니다. 그가 사망하기 바로 1년 전에 조니 워커사는 디스틸러스사와 합병이 되지요. 마치, 훗날 이리저리 흘러 다니게 될 조니 워커사의 비법이 적혀 있는 노트처럼 패터슨의 자식들도 이리저리 흘러 다녀야 했습니다. 그나마 있던 재산을 탕진한 건 큰아들인 찰리 워커였습니다. 그는 아버지가 화이트 라벨을 너무나 증오했다는 걸 알고 있었기 때문에 모든 재산을 세계 곳곳에 탐정을 보내서 화이트 라벨을 수거하는 데 써버립니다. 그는 화이트 라벨이 열 병 모일 때마다 마치 무슨 의식이라도 치르는 사람처럼 해가 지는 시간에 화장실로 가지고 가서 술을 다 쏟아버렸습니다. 그리고 두꺼운 천으로 병을 감싸고 망치로 때려 부셨죠. 화장실 문을 연 채로, 그의 부인과 딸이 보는 앞에서 말입니다. 찰리 워커는 그 일을 죽을 때까지 했습니다. 그걸 지켜본 딸이 리즈 도로시 워커였습니다. 바로 저를 이곳에 보낸 분이시죠. 그분은 1932년에 태어났기 때문에 할아버지를 본 적도 없었습니다. 조니 워커라는 술에 특별한 애착을 느끼지도 않았고요. 아버지의 행동이 자신에게 어떠한 영향도 끼치지 못할 거라고 생각했고, 그건 맞는 말이었습니다. 그분은 자신과 조니 워커는 완전히 별개의 세상에 속해 있다고 생각하며 살아갔단 말입니다. 위스키는 입에도 안 대시고요. 어쨌든 그분은 머리가 아주 좋고 자신의 운명을 스스로 개척하려고 애쓰는 부류의 사람입니다. 동시에 자신의 삶이 어떤 식으로든 남들에게 도움이 되기를 바라는 그런 부류의 사람이기도 하죠. 한마디로 좋은 사람 말입니다. 그분은 대학에서 화학을 전공한 후 제약 쪽에 자신의 인생을 바치기로 하고, 1960년대부터 암 치료제를 만들기 위한 연구를 시작했습니다. 개발에 성공한 줄 알았던 약이 사실은 실패작이라는 걸 받아들여야 하는 일을 여러 번 반복해야 했고, 결국 나중에는 오랜 시간 심혈을 기울인 연구가 완전히 끝났다는 사실을 인정해야 했을 때는 굉장한 실망감에 사로잡히고 맙니다. 하지만 그분은 그런 식으로 실패에 머물고 싶어 하지 않았습니다. 게다가 학계에서 존경받는 학자이자 실험가였기 때문에 몇 년 후 뉴욕대에서는 그분을 초빙교수로 부릅니다. 그때는 이미 영국 쪽에 아무런 연고도 남아 있지 않았던 터라, 그분은 아무 미련도 없이 뉴욕으로 건너가게 되는 겁니다. 그런데 뉴욕으로 온 지 얼마 지나지 않아서, 이걸 어떻게 간단하게 말해야 할지 모르겠는데, 아주 단순하게 말해서 그분이 만들려고 노력했던 암 치료제가 사실은 관절염에 폭발적인 효과가 있다는 게 밝혀진 겁니다. 그다음에 무슨 일이 일어났겠습니까. 말할 것도 없이 그분은 엄청난 돈을 벌게 됩니다. 정말 엄청난 돈을 벌죠. 그분은 그 돈을 자기 자신을 위해서만 쓰는 걸 바라지 않았습니다. 그분은 좀 더 넓은 세상에서 사람들을 돕고 싶다는 생각을 하게 됩니다. 왜냐하면 그분에게는 돈이 있었으니까요. 그래서 그분은 대학교수직을 그만두고 대규모의 예술재단을 만들기로 결심하죠. 사회 환원의 차원에서 말입니다. 그렇게 전 세계에 있는 아티스트들을 초대하고 그들에게 작업 환경과 돈을 제공하는 그런 일을 시작하게 된 겁니다."

그가 끼어들려고 하자 남자가 제지했다.

"들어보십시오. 그분이 85세가 되던 해에, 그러니까 2년 전에 말입니다, 어퍼 이스트 사이드를 산책하다 우연히 보게 된 겁니다."

"무엇을요?"

"무엇이냐니요."

남자가 답답하다는 듯이 바라보았다.

"화이트 라벨을 말입니다. 그분은 그게 아버지가 죽기 전까지 이 세상에서 없애고 싶어 했던 그 술이라는 걸 단박에 알아보았습니다. 어느 여름날, 저와 산책을 하던 중에 메트로폴리탄미술관 앞에서 어떤 여성이 그걸 들고 있는 걸 본 겁니다. 그분은 그 여성에게 다가가서 그걸 어디서 샀냐고 물었죠. 그랬더니 그 여성이 덤보에 있는 골동품 가게에서 발견했다고 대답을 하더군요. 자기는 위스키 애호가인데 화이트 라벨은 처음 봤다면서 말입니다. 그분은 그 여성과 약간의 실랑이 끝에 천 달러를 주고 그걸 가지고 왔고 자신의 벽장 안에 깊숙이 숨겨놓았습니다. 그분은 자신이 왜 그러는지도 몰랐습니다. 화이트 라벨? 조니 워커? 위스키? 그분은 술을 즐겨 마시지도 않았고, 그런 건 아무런 의미도 없었단 말입니다. 그분은 자신의 인생이 특별히 성공적이었다고 생각하지도 않았고 실패했다고도 생각하지 않았습니다. 운이 좋았다고는 생각했죠. 하지만 그 화이트 라벨을 보는 순간, 그런 생각을 하게 된 겁니다. 자기 자신이 사실은 아주 불행한 인생을 살았고, 그걸 모른 척했을 뿐이라고 말입니다. 무언가를 계속 외면하면서 살아왔다고 말입니다. 그리고 그게 자신을 두렵게 만든다고 했죠. 그래서 그분은 2년 전부터 자신의 아버지가 그랬던 것처럼 화이트 라벨을 찾아서 수거하는 일을 하고 있는 겁니다. 그리고 이제 우리는 마지막 화이트 라벨을 발견했습니다."

"그게 '마지막' 화이트 라벨이라는 걸 어떻게

압니까?"

남자는 안심했다는 듯이 빙그레 웃었다.

"다행입니다. 당신이 그런 질문을 하지 않으면 어떡하나 걱정하고 있었습니다. 물론 이 세상에는 화이트 라벨이 얼마든지 더 남아 있을 수도 있고, 정말로 이게 마지막일 수도 있고, 단 두 개만 남았을 수도 있습니다. 하지만 중요한 건, '기술적인 측면'에서 우리가 이 사태를 바라봐야 한다는 점입니다. 그분은 죽음을 앞두고 있습니다. 겉으로 볼 땐 멀쩡하십니다만 사실은 암세포가 그녀의 몸 구석구석을 아주 천천히 파괴하고 있는 중이랍니다. 그리고 그분은 이제 마지막 화이트 라벨을 자기 손에 넣고 싶어 합니다. 제 말이 무슨 뜻인지 알겠습니까?"

그는 남자의 얼굴을 바라보았다. 순식간에 남자의 표정은 비애감으로 가득 찼다. 그건 너무나 순수한, 마치 증류에 증류를 거듭한 높은 순도의 감정처럼 보였다. 그제야 그는 비로소 라탄 칸막이 바깥에서 사람들이 먹고 마시고 떠드는 소리가 들린다는 걸 깨달았다. 소음들. 소음들에 둘러싸여 있다는 걸 깨닫고 나자, 그는 어쩌면 자신이 이 남자와 함께 이 칸막이 속에 완전히 격리된 처지일지도 모른다는 생각을 했다. 이 남자와 자신과 그리고 슬픔 속에. 슬픔이라고? 그는 고개를 절레절레 흔들었다. 그는 자신이 그런 감정과는 거리가 먼 인생을 살아왔다고, 특별한 슬픔에 잠기거나, 고통을 받을 만한 일을 '만들지' 않으면서 살아왔다고 자신했다. 그 남자는 차갑게 식은 찻잔에 각설탕을 하나 넣었다. 그리고 젓기 시작했다. 그는 남자 때문에 찻잔 안의 물이 흘러넘칠까 봐 걱정이 되었다. 나는 포화 상태야. 그는 손바닥에 땀이 고이는 걸 느꼈다. 그는 각설탕이 녹지 않으리라고 생각했다. 절대로, 무슨 일이 있어도. 영원히 그런 일은 발생하지 않을 거야. 그리고 이렇게 다짐했다. 만약 저게 녹는다면 나는 이 남자의 일을 맡을 거야. 웃기는 일이지만 그는 정말 그런 다짐을 했다. 남자는 티스푼으로 차를 계속 저으며 말했다.

"'기술적인 측면에서' 마지막 화이트 라벨은 지금 프랑스에 있습니다. 리옹에 있는 한국 출신의 입양아 손에 있다고 합니다. 우리가 고용한 탐정이 거기까지 알아냈죠. 선생님은 그 여자분을 만나서 그걸 저희에게 가져다주시면 됩니다. 제 말을 이해하시겠습니까?"

"모르겠습니다."

그는 시계를 보며 대답했다. 네 시 반. 지금 차를 몰고 달려간다면 아슬아슬하게 비행기 시간에 맞출 수 있을 터였다. 하지만 그는 거기에 앉아서 남자가 찻물 젓는 것만 바라보고 있었다. 슬픔에 가득 찬 표정, 이상하리만치 주름 하나 없는 손과 식은 찻물을 마구 휘젓는 티스푼. 서서히 각설탕이 녹아들어가고 소용돌이치던 수면의 움직임이 서서히 잦아들 때, 그는 문득, 오전에 소파에서 잠을 깨자마자 봤던, 티브이 속의 그 사진을 떠올렸다. 그는 그 사진을 본 게 아주 오래전, 마치 전생에 있었던 일처럼 느껴졌다. 이윽고 각설탕이 다 녹고 찻물이 잔잔해지자, 남자는 티스푼으로 찻잔을 두 번 두드리고는 그 안에 들어 있는 (맛없을 것이 뻔한) 차를 한 번에 입에 털어 넣어버렸다.

## 3. 헤비 스모커

그녀는 시저 통조림 세 개의 뚜껑을 차례로 따고 그 안에 들어 있는 닭고기를 모조리 커다란 접시에 부었다. 접시를 바닥에 내려놓자마자 소파 옆에 나른하게 누워 있던 커다란 개가 벌떡 일어나 성큼성큼 다가와서 그릇에 얼굴을 박고 먹기 시작했다. 그녀는 큰 개가 밥 먹을 때마다 내는 소리를 좋아했다. 개는 잡종이었다. 세인트 버나드와 아이리시 울프하운드, 그레이트 피레네 등등 온갖 커다란 개들의 역사가 그 개의 피에 새겨져 있는 것 같았다. 아니야 어쩌면 작은 개도, 작은 개의 피가 섞여 있을 수도 있지. 그녀는 개의 머리를 두 번 두드렸다. 개는 먹는 데 정신이 팔려서 주인의 손길 같은 건 신경도 안 쓰는 것 같았다. 그녀는 포장해 온 태국식 볶음밥과 만두를 용기째 들고 소파 위에 앉았다. 그녀는 첼시마켓 근처에 있는, 작은 주방이 딸린 다섯 평 남짓한 집에서 살았다. 일종의 복층 구조로 되어 있어서 침대는 위층—그래봤자 침대 하나로 꽉 찼다—에 있었고 그녀는 그곳을 '침실'이라고 불렀다. 침대 위는 깔끔했지만, 그곳을 제외하면 집은 난장판이었다. 그녀의 집은 6층짜리 건물의 5층에 자리 잡고 있었는데 창문 밖을 내려다보면 온갖 쓰레기봉투들이 차곡차곡 쌓여 있는 뒷골목이 눈에 들어왔다. 그래도 **될 수 있는 한** 그녀는 자주 커튼을 열어두었다. "답답한 건 견딜 수가 없어."

11년 전, 그러니까 스물네 살 때 그녀가 이곳으로 처음 이사를 왔을 때와 비교해보면 쓰레기봉투는 귀여운 애교 정도에 불과했다. 그때 그녀는 타임스퀘어 근처에 있는 작은 미술 에이전시에 일자리를 잡았었다. 그녀는 거의 창립 멤버나 마찬가지였다. 사장은 그녀가 없었다면 에이전

시가 진작에 없어졌을 거라고 말했다. 하지만 이러나저러나 결국 에이전시는 문을 닫았다. 치솟아 오르는 월세를 감당하지 못하고 타임스퀘어에서 첼시 쪽으로, 그리고 맨해튼의 외곽에서 브루클린으로 계속계속 흘러 다니다가 3년 전에 결국은 그런 결말을 맞았다. 그녀는 6개월 정도의 구직 활동을 통해 어퍼 이스트 사이드에 있는 '고상한 시선'이라는 예술재단에 일자리를 잡았다. 에이전시에서의 경력을 인정받아서 직급과 연봉도 꽤 괜찮은 편이었지만 브루클린과 어퍼 이스트 사이드에서의 직장 생활은 천양지차였다. 브루클린 시절, 그녀의 동료들은 거의 다 그녀와 동갑이었다. 그들은 그녀가 담배를 하루 종일 뻑뻑 피워대도 비난하지 않았다. 하긴 비난할 수도 없었다. 왜냐하면 다들 그녀만큼이나 헤비 스모커였기 때문이다. 특별한 날이 아니라면 남자 동료들은 수염도 깎지 않은 채로 며칠씩 같은 옷—후드 티 같은 것—을 입고 다녔고 여자 동료들도 청바지에 플랫슈즈 차림으로 다녔다. 보라색이나 오렌지색으로 머리를 염색하기도 했다. 하지만 어퍼

이스트 사이드 예술재단의 젊은이들은 같은 옷을
두 번 이상 절대 입지 않았다. 유행과 브랜드에
엄청나게 민감했는데, 요즘은 상의와 하의의 색
깔을 맞춘 슈트나 화려한 패턴이 들어간 원피스
가 유행이었다. 그들은 유기농 식재료에 집착했
고, 소이캔들을 집에 두었다. 새 모이만큼만 먹었
고 매일 아침마다 다른 첨가물이 전혀 들어가지
않은 과일주스를 마셨으며 사무실에는 블루에어
사의 공기청정기가 하루 종일 돌아가고 있었다.
그들 사이에 있을 때 그녀는 자신이 너무 늙은 것
같다는 기분에 사로잡히곤 했다. 그녀는 그들과
는 거의 이야기도 나누지 않았다. 무엇보다 그 젊
은이들은 흡연이 유행에 뒤떨어진 미개한 행동이
라고 생각했다. 실제로 거기서 대놓고 담배를 피
우는 사람은 그녀밖에 없었다. 하지만 그들은 그
녀에게 직접적으로 흡연에 대한 이야기를 한 적
은 없었다. 그녀가 그들보다 직급이 높아서 그랬
던 건 아니었고, 그녀 생각엔 자신이 동양인이었
기 때문인 것 같았다. 그들은 자신들이 혹시라도
인종차별자로 보일까봐 우려하고 있었던 것이다.

딱 한 번 그런 이야기를 들은 적이 있긴 했다. 작년 크리스마스 시즌에 '고상한 시선'의 재단 회장이 주최한 파티에서였다(회장은 1년에 두 번, 여름과 겨울에 꼭 집에서 파티를 열었다). 회장은 80대의 여자였다. 그 여자는 재단 건물과 그리 멀리 떨어지지 않은 곳에 위치한 6층짜리 저택에 살았는데, 어퍼 이스트 사이드에 있는 그 어떤 건물보다도 크고 웅장했다. 회장은 너무 나이가 많아서 재단의 실질적인 일을 하지는 않았고, 50대 남자인 실장이 재단의 실질적인 일들을 맡아서 했다. 집안일을 도맡아서 하는 남자도 따로 있었다. 일종의 집사라고나 할까? 그 남자는 동양인이었다. 그녀는 그 동양인 남자를 파티 때마다 보았는데 그는 까만 턱시도를 입고 이리저리 다니며 파티가 성공적으로 끝날 수 있도록 일꾼들을 진두지휘했다. 그녀는 그 남자와 한마디도 나눠본 적이 없었다. 회장은 언제나 샤넬 트위드 재킷과 스커트, 그리고 토즈 드라이빙슈즈를 착용하고 있었다.

그녀는 그 파티에 가는 게 좀 고역이었다. 배

우자나 데이트 상대를 데리고 오라고 하는데, 그녀는 딱히 그런 상대가 없었다. 파티에서, 그녀는 항상 자기가 꿰다 놓은 보릿자루 같다는 생각을 하곤 했다. 그렇다고 아예 안 갈 수는 없었다. 겉으로는 자율적이라고 하지만, 참석하지 않으면 어떤 식으로든 불이익이 있으리라고, 직원들은 생각했다(그녀가 입사를 했을 때는 이미 회장이 일선에서 물러난 후여서 직접 느껴본 적이 없지만 그녀의 상사가 회장을 가리켜 '피도 눈물도 없는 냉혈한'이라고 부르는 걸 들은 적이 있었다). 결국 그녀는 언제나 혼자서 파티에 참석했다. 지난 크리스마스 파티 때도 그랬다. 그날 그녀는 긴 소매에 러플이 달린 검정색 원피스를 입고 가슴에는 빨간색 리본 코르사주를 한 채 거대한 식탁의 한 자리를 차지하고 앉아서, 제공되는 프렌치 디너 코스를 조용히 먹기만 했다. 파테와 테린, 수프, 완두콩 퓌레가 곁들여진 민물장어와 차가운 랍스터 요리……. 음식은 완벽했고 그녀는 그것들을 하나도 남기지 않았다. 하지만 그녀는 빨리 파티가 끝나서 집으로 돌아가고 싶었다. 집으로 돌아가서 자신의 개가 밥을 먹는 소리를 듣고 싶은 마음이 간절했다. 디저트가 나오기 전에 그녀는 잠깐 옥상 테라스에 올라가서 담배를 한 대 피웠다. 코트 보관소 직원이 자리를 비웠고, 자신의 코트를 찾는 건 불가능해 보여서 그녀는 고작 검정색 원피스 차림으로 거기에 서 있었다. 그녀의 목덜미로 차가운 바람이 마구 들어왔고 볼이 얼어붙는 것 같았다. 그녀는 반쯤 피운 담배를 비벼 끄고 아래층으로 통하는 엘리베이터를 탔다. 연회장이 있는 층을 눌렀다가 그녀는 생각을 바꾸어서 응접실이 있는 1층으로 가기로 했다. 응접실에는 아무도 없을 테니까, 그곳 화장실을 그녀 혼자서 차지할 수 있을 터였다. 그녀는 그곳에서—담배 냄새가 배어 있는— 손을 씻고 연회장으로 올라가는 편이 나을 거라고 생각했다. 하지만 응접실—거대한 벽난로가 있고 커다랗고 화려한 샹들리에가 달린—에서 그녀는 자신의 팀원—그러니까 그 젊은이들 중 한 명—과 마주쳤다. 그는 대체 혼자서 왜 그곳에 있었던 걸까? 나를 **따라온 걸까?** 그는 감색 재킷에 푸른색 셔츠와 검정색 바지를 입고 목에는 도트 무늬 스카프를 두르고 있었다. 그는 오간자 소재의 붉은 원피스를 입은 여자 친구를 데리고 왔다. 그녀는 그 여자를 기억했다. 응접실에서 마주친 그녀와 그는 약간 어색하게 서로에게 웃어 보였다. 그러다 갑자기 그가 무슨 결심이라도 한 것처럼 그녀에게 다가 왔다. 그의 구두가 대리석 바닥에 부딪히는 소리가 들렸다. 그는 술에 취한 걸까? 혹시 내게 고백이라도 하려는 걸까? 이윽고 그녀에게 다가온 그가 입을 열었다. "담배를 피우는 건 옳은 행동이 아니에요." 그는 부드러운 눈빛으로 그녀를 내려 다보았다. 마치 표정으로 자신이 한 말을 상쇄라도 시키겠다는 듯이. 그녀는 뭐라고 해야 할지 약간 고민하다가 대답했다. "고마워." 그 후로 그녀가 담배를 줄였다거나, 혹은 그 직원과의 관계에 특별한 변화가 생겼다거나 그런 건 아니었다. 하지만 그녀는 알고 있었다. 젊은 무리들이 어디선가 모여서 이 일을 입에 올리리라는 것을. "담배를 피우는 건 옳은 일이 아니라고 말했다니까?" 이렇게 말을 하면, 다른 누군가는 이렇게 말할지도 모른다. "그런 말을 직접 하다니 실례야." 또 다른 누군가는 이렇게 말할지도 모른다. "저렇게 촌스러운 여자가 어떻게 예술을 판단할 수 있어?"

개가 밥을 먹는 소리를 들으며 소파에 앉아서 태국식 볶음밥과 만두를 먹던 그녀의 기억은 크리스마스 파티에서, 1년 전쯤 가을밤에 길거리에서 마주친 늙은 노숙자 여자로 옮겨 갔다. 그날 그녀는 브루클린 시절 친구들을 만나 그릴 앤 바에서 배부르게 식사를 하고 집으로 돌아가는 길이었다. 밤공기가 너무 좋아서 그녀는 일부러 곧장 집으로 가지 않고 소호 뒷골목을 이리저리 걷고 있었다. 그러다가 그녀는 인적이 드문 거리에서서 주머니에서 담배를 꺼내 불을 붙였다. 한 모금 빨았다가 연기를 내뱉었을 때, 한 늙은 여자가 엄청나게 빠른 속도로, 그녀에게 다가왔다. 마치 한겨울이라도 되는 것처럼 더러운 코트를 몇 겹씩 껴입고 빗자루처럼 거친 은발을 아무렇게나 올려 묶은 여자였는데, 피부 군데군데 깊게 팬 주름과 자외선 때문에 생긴 얼룩이, 어둠 속에서도 선명하게 보였다. 늙은 여자는 때가 끼고 긴 손톱으로 그녀를 가리키며 고래고래 소리를 질렀다. "넌 폐암에 걸려 고통받으며 쓸쓸하게 혼자 죽어 갈 거다!" 그 여자는 그렇게 두 번 더 소리를 지르고 그녀를 지나쳐서 골목 안으로 재빨리 걸어 들어갔고 어둠 속으로 사라져버렸다. 그녀는 처음에는 어안이 벙벙했고, 그다음엔 두려워졌다. 그녀는 큰길로 나가 택시를 잡아타고 집으로 돌아왔다. 그녀는 세상으로부터 완전히 버림받은 듯한 사람이 자신을 오물처럼 취급했다는 사실 때문에 충격을 받았었다.

사실, 그녀는 과거의 일을 떠올리고 곱씹는 스타일이 아니었다. 그녀는 자신이 왜 이렇게 구구절절하고 처량하게 기억들을 떠올리며 자기 자신을 방어하기 위해 노력하는지 알고 있었다. 그건 그날 직장으로 날아온 국제 우편물 때문이었다. 프랑스 리옹에서 온 것이었다. 세상에, 그녀는 생각했다. 편지를 뜯어봐야 할까? 그녀는 보낸 사람의 이름을 읽어보았다. 소피아 마지엘, 누구인지 도통 알 수가 없었다. 그럼에도 불구하고 그녀는 그 안의 내용이 어떤 식으로든 자신에게 그리

긍정적이지는 않으리라고 예상했다. 그런 예감이 들었다. 그녀는 먹다 남은 태국식 볶음밥을 싱크대 위에 갖다 놓았다. 어느새 식사를 끝낸 그녀의 커다란 개가 천천히 소파 옆에 자리를 잡고 엎드렸다. 그녀는 엎드려 있는 개의 등을 바라보며 방금 냉장고에서 꺼내 온 캔맥주를 꿀떡꿀떡 마셨다. 맥주를 다 마신 그녀는 양치질을 한 후에 편지를 들고 '침실'로 올라가 침대 위에 걸터앉았다. 그리고 편지를 읽기 시작했다. 소피아 마지엘은 자신을 알리샤 마지엘의 엄마라고 소개하고 있었다. 알리샤가 죽었고, 알리샤가 당신에게 남긴 유품이 있으니, 그걸 받으러 올 용의가 있는지를 묻고 있었다. 국제 소포로 보내줄 수도 있지만, 그곳으로 와서 알리샤의 죽음을 애도하고 직접 유품을 전해 받을 수 있는지, 한 번쯤은 물어보고 싶었다고 쓰고 있었다.

그녀는 좀 어리둥절해졌다. 알리샤가 죽었다고? 그녀는 알리샤를 기억하고 있었다. 그녀가 알리샤를 처음 만난 건 열일곱 살 때 그녀가 그녀의 아버지가 있는 프랑스 마른 지방으로 보내졌을 때의 일이다. 그 지역의 고등학교에 한국인은 그녀와 알리샤밖에 없었다. 하지만 그녀와 알리샤는 처지가 달랐다. 알리샤는 돌배기 때 그곳으로 보내진 입양아였다. 알리샤는 한국이라는 나라에 대해 전혀 알지 못했고, 관심도 없었으며, 당연하게도 한국어는 하나도 못했다. 그래, 그랬지. 그녀는 생각했다. 이해가 안 되는 건, 알리샤가 자신에게 유품을 남겼다는 사실이었다. 알리샤는 자신을 끔찍하게도 싫어해서 알리샤와 알리샤의 친구들은 그녀를 교묘하게 따돌렸다. 선생님은 알리샤와 알리샤의 친구들을 불러 주의를 주었지만, 그 결과로 괴롭힘의 방법만 더 정교해졌을 뿐이었다. 대체 그 애가 왜 나에게 유품을 남긴 거야? 그녀는 그걸 받으러 프랑스로 갈 생각도 없었고, 그걸 국제 소포로 받고 싶은 마음도 없었다. 그녀는 침대 위에 벌러덩 누워서 천장을 바라보다가 크게 심호흡을 해보았다. 한 번, 두 번, 세 번. 그녀는 알리샤의 얼굴을 떠올려보려고 애썼다. 그리고 자기 자신의 열일곱 살 때의 모습도 떠올려보려고 애썼다. 그리고 스무 살 때 마른을 떠나 파리로 향했을 때의 자기 자신도 떠올려보려고 애썼다. 생각만큼 쉽지가 않았다. 알리샤 때문에 고등학교 시절이 딱히 힘들었던 건 아니었다. 아니, 힘들었지만, 그녀는 그걸 그냥 받아들였다. 그녀와 친한 사람들은 그녀를 긍정적인 사람이라고 여겼지만, 그녀는 자신이 긍정적이라기보다는 운명론자에 가깝다고 생각했다. 그녀는 그런 말을 입 밖에 낸 적은 없었지만 다른 식으로는 자기 자신을 설명할 수가 없었다. 이를테면, 그녀가 열 살 때, 어머니와 아버지가 자신을 두고 이혼했을 때, 그녀는 그 사실에 절망했고 두려워했지만 그걸 받아들여야 한다고 생각했다. 그리고 그녀의 아버지가 외국으로 사라져버렸다(하지만 나중에 알고 보니 사라진 건 아니었다. 그저 어머니가 아버지에 대해 그렇게 말을 한 것뿐이었다. 아버지는 양육비를 빼먹은 적도 없었다)는 사실을 알게 되었을 때도, 열여섯 살 때 어머니가 교통사고로 사망하고 외삼촌이 그녀를 아버지가 있는 프랑스 마른으로 보낼 수밖에 없다고 했을 때도 마찬가지였다. 대학 시절 파리에서 함께 살던

애인이 그녀를 떠날 수밖에 없다고 했을 때도, 그녀는 두렵고 싫었지만, 결국은 그 모든 걸 **받아들였다.** 그렇다고 그녀가 그런 일을 둘러싼 그 모든 상황이나 상황을 만든 사람들을 '이해'한 건 아니었다. 그래서 그녀는 프랑스로 떠난 열일곱 살 때부터, 서울에 있는 모든 사람들과는 연락을 끊어버리는 걸 '선택'했다. 그건 보복의 의미였을까? 하지만 대체 그게 누구에게 보복이 될 수 있단 말인가? 그녀는 편지를 구겨서 난간 밖으로 던졌다. 개가 끙, 하는 소리를 냈다. 사실 그녀는 개가 내는 모든 소리를 좋아했다. 심지어는 오줌을 싸는 소리까지도.

며칠 후, 토요일 밤에 저녁을 먹고 침실에서 책을 읽고 있던 그녀는 갑자기 엄청난 굉음을 들었다. 몸이 굳는 것 같았다. 무언가 깨지는 소리와 자동차들의 경적 소리도 들렸다. 하지만 그녀의 가장 가까운 곳에서 들리는 소리는—당연하게도—개가 짖는 소리였다. 개는 한 번도 그녀가 들어보지 못한 방식으로 짖고 있었다. 진짜 '동물'처럼. 아니, 진짜 '짐승'처럼. 그 소리는 너무 끔찍하고 처절해서 그녀는 두려워졌다. 그녀는 빠르게 아래로 내려가서 개를 안아주었다. 그만 짖어, 그만, 그만해. 제발 그만해. 그녀는 개의 목을 감싸 안고 속삭였다. 잠시 후 개가 짖는 걸 멈추고 낑낑거리며 미안하다는 듯이 그녀의 얼굴을 핥았다. 그제야 그녀의 몸이 덜덜 떨리기 시작했다. 갑자기 눈물이 터져 나왔다. 티브이나 라디오를 켜야 한다고 생각했지만 몸이 움직여지지 않았다. 그녀는 여전히 개의 목덜미에 얼굴을 묻은 채로 생각했다. 무슨 일이 생긴 거야? 대체 무슨 일이 생긴 거야? 잠시 후, 좀 진정되자 그녀는 창문 아래까지 엉금엉금 기어갔다. 그리고 조심스럽게 고개를 들어 밖을 내다봤다. 겨우 한 블록을 사이에 두고 벌어진 일이었다. 저 멀리에서 경찰차와 소방차의 사이렌 소리가 들려왔다. 폭발이 일어난 거야. 그녀는 생각했다. 세상에, 내가 사는 곳과 저렇게 가까운 곳에서 폭탄이 터진 거야.

그녀는 옷을 챙겨 입고 밖으로 나가기로 했다. 계단을 내려갈 때 발을 헛디딜까봐 그녀는 난간을 꼭 잡았다. 두려움 때문에, 폭발사건이 일어난 블록으로 걸어가다가 그녀는 몇 번이나 걸음을 멈추어야 했다. 거리는 소란스러웠다. 바리케이드 주위로는 사람들이 모여서 각각의 방식으로 그 사태를 바라보고 있었고, 소방관과 경찰들이 이리저리 뛰어다니거나 소리를 질렀다. 그녀는 구경하는 사람들 사이에 섰다. 건물의 창문과 벽의 한 부분이 박살 난 게 보였고, 거리에는 부서진 건물의 잔해와 파이프 같은 게 나뒹굴고 있었다. 그리고 그녀는 어떤 남자를 보았다. 안전모를 쓰고 삽을 들고 어디론가로 걸어가는 남자. 그 남자의 얼굴에는 아무런 표정이 없었다. 그는 그저 그 일—그는 삽을 들고 대체 무슨 일을 하려는 걸까?—을 해치우겠다는 생각밖에 없는 것 같았다. 그는 그 일의 바깥에 있는 것처럼 보였다. 어떻게 그럴 수가 있을까? 그날 밤, 그녀는 침실로 올라가지 않고 소파에서 잠이 들었다. 그리고 새벽에 잠에서 깼을 때, 그녀는 문득 아버지를 떠올렸다. 왜였을까? 프랑스를 떠난 후 아버지와 연락을 한 적이 거의 없었다. 아버지는 그녀의 맨해튼 주소를 알고 있었지만, 한 번도 그녀를 보러

온 적이 없었다. 그녀는 자신이 아버지 인생의 오점이라고 생각했다. 아버지가 자신을 프랑스로 데려와서 키운 건 어쩔 수 없는 선택이었다고도 늘 생각했었다. 실제로 그녀의 아버지는 그녀에게 어머니의 죽음에 대해 물어보지도 않았고, 그녀의 학교생활을 별로 궁금해하지도 않았다. 그녀가 대학 때문에 파리로 떠나겠다고 말했을 때에도 그저 하고 싶은 대로 하라고만 했었다. 그녀의 아버지는 그녀에게 그 어떤 질문도 한 적이 없었다. 문득 그녀는 아버지가 자신에게 다정하게 대해줄 때가 있긴 했었다는 사실을 떠올렸다. 다른 사람들과 함께 있을 때. 특히 파리에 사는 아버지의 애인 로리가 오랜 시간 차를 직접 몰아 찾아올 때는 그런 게 한결 심해졌었다. 마치 자신이 이 세상에서 가장 자상한 아버지인 양 위장을 했다. 생각은 꼬리에 꼬리를 물어 결국 그녀가 파리에서 대학을 다니던 시절까지 다다랐다. 그녀는 과거에 붙잡혀 있는 게 싫었다. 그건 그냥 그녀에게 한때 주어진 삶이었고, 이제는 지나가버렸고, 아무 의미도 없었다. 그녀는 소파에서 벌떡 일어났다. 그녀의 개도 벌떡 일어났다. 그녀는 좁은 거실과 부엌을 샅샅이 뒤지기 시작했다. 필사적인 몸짓으로 한참을 그렇게 집 안을 뒤지던 그녀는 결국 며칠 전 침실에서 아래층으로 아무렇게나 구겨 버린 편지 봉투를 찾아냈다. 그녀는 구겨진 봉투를 똑바로 편 후 손으로 두어 번 꾹꾹 눌렀다. 주소를 확인한 후, 그녀는 컴퓨터를 켜고 가장 빨리 리옹으로 날아갈 수 있는 비행기표를 알아보기 시작했다.

# 4. 혈육

그가 리옹에 도착한 건 저녁 일곱 시쯤이었다.
프랑스는 몇 번 방문한 적이 있었지만, 리옹은 처
음이었다. 그는 파리행 비행기 안에서 깨어 있었
고, 파리에서 리옹으로 가는 비행기로 환승한 후
에도 줄곧 그랬다. 그날, 포시즌스의 라운지 바
를 빠져나온 후 파사트를 몰고 집으로 돌아간 그
는 방콕 기후에 맞춰 싸놓은 옷과 신발 등을 비롯
한 짐을 캐리어에서 꺼내고, 리옹 기후에 맞는 옷
으로 캐리어를 다시 채워 넣었다. 그는 운동화 한
켤레를 캐리어에 넣었다가 꺼냈다가를 몇 번이나
반복했다. 그는 자신이 그런 걸로 고민한다는 사

실 때문에 짜증이 났고, 집을 나오기 직전에 캐리어에 들어 있던 운동화를 꺼내버렸다. 자신이 신고 가는 로퍼 한 켤레면 충분할 것 같았다. 그는 자신이 지난 7년간의 루틴을 깨버리고 그 남자의 요청을 받아들였다는 것, 아니 더 적나라하게 말해서 그 남자의 말에 넘어갔다는 사실 때문에 불쾌했다. 누군가를 설득하고 무언가를 빼내 오는 건 자신의 장기 중 하나였다. 누군가가 자신에게 그런 일을 해서는 안 되는 거였다(나중에, 그는 그 남자가 자신에게서 '빼내 간 것'이 그저 휴가 뿐만은 아니었다는 생각을 하게 된다). 게다가 그는 '포화 상태'에서 일을 해본 적이 없었다. 실수를 할까봐 두려운 마음이 들었다. 그는 밤을 꼴딱 샌 후 새벽에 공항버스에 올랐고 공항으로 가는 내내 창을 바라보고 있었다. 그는 그 남자를 만났을 때, 자신이 잘못된 생각과 잘못된 말을 했고, 어떤 종류의 '잘못'이 지금도 여전히 진행되고 있다고 느꼈다. 하지만 그는 이제 와서 그걸 돌이킬 수는 없고, 최악으로 치닫지 않게 하기 위해 노력하는 수밖에 없다고 생각했다. 그러니까, 이 일을 성공적으로 완수하는 수밖에.

그날 새벽 그가 인천공항에 도착했을 때, 그 남자는 이미 거기에 와 있었다. 이른 시간이었는데도 역시 한 치의 오차도 없는 멋쟁이 차림이었다. 헤어스타일은 전날과 똑같았지만, 정장과 구두는 달라져 있었다. 심지어는 커프스단추와 행커치프도 전날과 다른 것이었다. 그는 수염도 깎지 못했는데 남자는 눈썹까지 말끔하게 정리했고 전혀 피곤해 보이지도 않았다. 남자는 화이트 라벨을 가지고 있다는 여자의 각종 정보와 주소, 그리고 그가 머물 호텔 주소가 적힌 쪽지와 비행기표와 유로가 잔뜩 든 봉투를 건네며 말했다.

"혹시 돈이 더 필요하다면 나중에 청구해주십시오." 남자는 이렇게도 덧붙였다. "라벨이나 병이 손상이 되지 않도록 주의해주십시오. 운반에 특별히 주의를 기울여달라는 말씀입니다. 마개가 뜯어져 있어서도 안 됩니다. 그리고, 이 세상의 누군가가 화이트 라벨을 원하고 있다는 사실을 다른 사람들이 알아차리지 못했으면 좋겠습니다."

그는 리옹공항에 내려 택시를 잡아타고 곧장 그 남자가 예약해둔 호텔로 갔다. 빌라 플로렌틴 이라는 곳으로 떼뜨도흐 공원 근처 언덕 위에 있었다. 그의 객실은 넓고 길쭉한 직사각형 형태로 침실과 거실이 분리되어 있었다. 최고급은 아니겠지만, 그래도 훌륭한 곳이었다. 거실에는 고급 가죽 소파와 엔틱한 느낌을 주는 붙박이 등이 여러 개 있었는데, 벽에는 초현실주의 미술작품이 걸려 있었다. 소파와 침대 모두 창을 바라보는 방향으로 놓여 있어서 언제라도 창밖으로 펼쳐진 리옹 시가지를 한눈에 볼 수 있었다. 벨보이가 나가자마자, 그는 거실과 침실에 있는 창문과 발코니에 달린 커튼을 모두 쳐두었다. 그런 후에 그는 캐리어 속의 옷을 꺼내 옷장의 옷걸이에 차례대로 걸어놓고, 욕실로 들어가 뜨거운 물로 샤워를 했다. 그는 거울에 비친 자기 자신이 몹시 피곤하고 지쳐 보인다고 느꼈다. 수염을 깎을까 하다가 그만두고 욕실 밖으로 나온 그는 새 속옷을 꺼내 입은 후 옷장의 옷걸이 앞에 서서 잠시 고민하다가 회색 맨투맨 티와 검정색 진을 꺼냈다. 일단 그 남자가 알려준 집으로 가서 대강의 분위기를 살펴볼 생각이었다. 구글 지도로 확인을 해보니, 걸어갈 수 있을 법한 거리였다. 문득, 그는 자신이 거의 서른 시간 동안 잠을 자지 않았다는 걸 깨달았다. 스무 시간 넘게 아무것도 먹지 않았다는 사실도. 하지만 이상하리만큼 잠이 오지 않고, 배도 고프지 않았다.

빌라 플로렌틴의 정문 앞에는 좁은 언덕길이 있었다. 왼쪽으로는 일렬로 차가 몇 대 주차되어 있었고 오른쪽으로 고개를 돌리면 시가지가 내려다보였다. 언덕길을 내려가다 보면 오래된 식당과 카페가 모여 있는 작은 교차로가 나왔다. 그는 거기에서 구글 지도를 한 번 더 확인한 후 오른쪽으로 난 석회벽돌 도로를 따라서 걷기 시작했다. 어두워서인지 표지판이 잘 보이지 않아서 약간 애를 먹었다. 얼마나 걸었을까? 벽에 낙서가 되어 있는 낡은 건물이 즐비한 골목을 한참 지나자 또다시 작은 교차로가 나왔고 그곳에서 왼쪽으로 꺾어 들어가니 작은 공터가 하나 나왔다. 공터 한쪽에는 자전거들이 주르르 세워져 있었고, 양쪽

대각선에 식당이 각각 하나씩 있었다. 도무지 관광객들이 찾아올 것 같지 않은 곳이었지만, 두 곳 다 늦은 시간까지 여전히 영업 중이었고, 많지는 않지만, 어쨌든 사람들이 삼삼오오 모여서 먹고 마시며 떠들고 있었다. 거기에 있는 사람들은 모두 프랑스어를 사용했다. 그는 잠시 자신이 휴가를 떠나온 게 아닌가 하는 착각에 사로잡혔다. 그러면 안 돼. 그는 자기가 소리 내어 말했다는 사실을 깨닫고 깜짝 놀랐다.

화이트 라벨을 가지고 있다는 그 여자의 집은 5층짜리 건물의 3층이었다. 입구에는 짙은 고동색 문이 있었는데, 커다랗고 튼튼해 보였다. 그 문을 중심으로 왼쪽에 식당이 있었고, 오른쪽에는 담배 가게가 있었다. 그는 대각선에 위치한 건물의 식당으로 들어가 입구의 그 짙은 고동색 문이 잘 보일 만한 자리에 앉은 후, 양파수프와 커피를 한 잔 주문했다. 기분 좋은 가을밤의 공기, 와인 잔들이 부딪히는 소리, 그리고 노래 같은 프랑스어가 뒤섞여서 그의 주위를 맴돌았지만 그는 그걸 무시하려고 애쓰며 화이트 라벨을 가지고 있는 여자가 산다는 그 건물을 바라보는 데 집중했다. 그 건물 1층의 식당은, 지금 그가 앉아 있는 식당만큼 손님이 많지는 않았다. 초록색 접이식 어닝 아래 늘어선 작은 탁자에 옹기종기 앉은 사람들이 몇 명 있었고, 그 사이로—역시— 초록색 앞치마를 두른 직원이 음식 접시를 들고 왔다 갔다 하는 게 보였다. 2층부터 5층까지 나 있는 창문의 아래쪽에는 작은 받침대가 달려 있어서 아기자기한 화분이 놓여 있기도 했다. 그는 여자가 살고 있다는 3층을 바라보았다. 꽉 닫힌 창문에는 하얀색 커튼이 처져 있었다. 만약 그가 관광객이었다면, 리옹의 어느 골목에 위치한 건물에 누군가가 진짜로 거주하고 있다고, 그게 진짜 사람들의 삶의 터전이라는 식의 생각은 전혀 하지 않았으리라. 하지만 난 지금 관광객이 아니야. 커피를 마시려고 고개를 들던 그는 맞은편 테이블에서 친구들과 늦은 저녁을 먹고 있던 여성과 눈이 마주쳤다. 그는 스스럼없이 웃어 보였고 그런 자신 때문에 깜짝 놀랐다. 그는 재빨리 고개를 숙이고 그 남자가 공항에서 건네줬던 자료들을 읽기 시작했다.

"프랑스 이름은 알리샤 마지엘, 33년 전, 부산의 영도시장에서 발견된 후 보육시설에 맡겨졌음. 입양 자료에는 안영시, 라는 이름이 적혀 있지만, 본명이 아니라, 영도의 영, 시장의 시를 합쳐서 만든 이름이라고 함. 프랑스 마른에 사는 한 부부에게 입양이 됨. 마른에서 고등학교를 졸업한 후 자동차 영업소에 다니다가 후두암에 걸린 걸 알게 됨. 파리의 대학병원에서 몇 차례 수술을 받고, 2년 전 이모가 사는 리옹으로 어머니와 이사를 옴."

그는 자신이 지난 며칠 동안 암 환자에 대한 이야기를 세 번이나 들었다는 사실을 깨달았다. 게다가, 정작 자신은 그들 중 그 누구도 실제로 만나본 적이 없다는 사실도(물론 그중의 한 명은 곧 만나게 될 테지만, 이라고 그는 생각했다). 문득 (건강을 해쳐서 암에 걸릴까봐 걱정이 된 나머지) 일을 쉬어야 할 것 같다던 초짜 변호사의 말이 생각났다. 왜 대다수의 사람들은 남의 죽음을 그런 식으로 자신에 대한 이야기로 바꾸어놓는 걸까? 누군가의 죽음을 그냥 그렇게 거기에 남겨 놓을 수 없는 걸까? 그는 자신이 그 순간 거기에 앉아서 그런 생각에 빠져들어서는 안 된다는 걸 알고 있었다. 자기 자신을 지울 것. 투명인간처럼, 눈을 갈아 끼우는 것처럼……. 그는 자꾸 항로를 벗어나려는 자신의 생각의 꼬리를 붙잡으려고 애쓰며, 안영시-알리샤의 어릴 적 사진을 꺼내 보았다. 사진은 낡아서 모서리가 말려 있었고 반으로 접힌 흔적이 남아 있었다. 보관을 잘못했는지, 어떤 부분은 빛이 바래 있었다. 사진 속 아기는 기저귀 차림으로 보라색 코끼리가 그려진 하얀색 상의를 입고 파란색 담요 위에 누워 있다. 아기치고는 머리숱이 많다, 고 그는 생각했다. 아기치고는? 웃기는군. 그는 아기의 머리숱에 대해 아는 바가 전혀 없었다. 알고 싶다고 생각한 적도 더더군다나 없었다. 다음 사진에서 아기는 방바닥을 네발로 기고 있었는데, 침을 너무 많이 흘려서 사진으로 봐도 상의가 축축해 보였다. 표정을 잔뜩 찡그리고 있었는데, 기분이 좋은 건지 아니면 나쁜 건지 판단을 할 수가 없었다. 그다음 사진에서 아기는 벽에 등을 기대고 있었는데, 엉덩이 아래에는 보라색 공단 방석이 깔려 있었다. 아기는 두 주먹을 꽉 쥐고 울고 있었다. 그는 사진을 테이블 위에 엎어놓았다. 안영시-알리샤에 대한 조사는 만족할 만한 수준으로 잘되어 있었다. 이렇게까지 잘한 탐정이 왜 일을 끝까지 책임지지 않았을까? 무슨 일이 있었던 걸까? 포시즌스의 라운지 바에서 멋쟁이 남자는 그에게 이렇게 말했었다. "그런 조사는 아무나 할 수 있지만, 물건을 받아오는 건 아무나 할 수 있는 게 아니지 않습니까?" 그는 고개를 들었다. 맞은편 테이블 일행은 이미 자리를 떠난 후였다. 양파수프에는 손도 대지 않고 커피도 한 모금밖에 마시지 않았지만 그는 더 이상 거기에 앉아 있고 싶은 기분이 들지 않았다. 그는 계산을 한 후 밖으로 나왔다. 일단 빌라 플로렌틴으로 돌아갈 생각이었다. 이렇게 늦은 시간에 그가 더 이상 할 수 있는 일은 없었다. 어쩌면 조금이라도 잠을 자도록 노력하는 게 자신이 할 수 있는 가장 최선의 일이리라는 생각이 들었다.

객실로 들어온 그는 거실의 한가운데에 서 있다가 커튼이 쳐진 발코니 쪽 창문으로 다가갔다. 잠시 망설이던 그는 커튼 안쪽으로, 그러니까 커튼과 창문 사이로 들어가보았다. 밖에서 누군가 본다면 커튼의 한 부분이 불룩해 보일 터였다. 객실 창밖으로는 호텔 수영장이 내려다보였고, 수영장 너머로 낮은 건물들이 다닥다닥 붙어 있는 구시가지가 그의 눈에 들어왔다. 늦은 시간인 데다가 기온도 수영하기에는 그리 적당하지 않은 것 같은데, 두 남자가 수영복 차림으로 풀장 쪽으로 다가가는 게 보였다. 그는 어지러움을 느꼈다. 커튼 밖으로 빠져나온 그는 휴대전화로 그 남자에게 이메일을 보냈다. "알리샤(안영시) 집의 동정을 살피고 왔음. 진전이 있으면 다시 연락하겠음." 그는 미니바에서 초코바를 꺼내다가 그 안에 있는 조니 워커 블루 라벨을 발견했다. 그가 알기로 그건 조니 워커의 최고급 위스키였다. 블루 라벨에는 조니 워커사의 마스코트인, 모자를 쓰고 지팡이를 든 남자의 모습이 그려져 있지 않았다. 그는 남자가 건네준 것 중에서 화이트 라벨을 찍은 사진을 꺼내 와서 블루 라벨과 비교해보았다. 사진 속, 병에 붙어 있는 하얀색 라벨에는 이렇게 적혀 있다. "John walker & sons, Kilmarnock" sons, 아들들이라. 포시즌스에서 그 남자가 한 말에 따르면 이 라벨을 만들고 문구를 새겨 넣은 건 그 '아들들'이었다. 그리고 그 '아들들'은 자신들이 그런 식으로 이리저리 흩어져버릴 거라고는 생각도 하지 못했으리라. 그는 사진을 봉투 안에 다시 넣어두고, 블루 라벨 병을 이리저리 살펴보다가 냉장고 안으로 도로 집어넣었다. 그리고 초코바도. 도무지 먹고 싶은 기분이 들지 않았다. 술을 마시고 싶은 기분은 조금 들긴 했지만 그는 마시지 않았다. 일하는 도중에 그는 절대 술을 마시지 않았으므로. 그날 밤에 그는 열 번도 넘게 잠에서 깼고, 그토록 자다 깨다를 반복하는 동안에도 쉴 새 없이 꿈을 꿨다. 그는 사다리를 타고 어딘가로 올라가고 있었는데, 누군가 자신의 다리를 잡아당겼다. 그는 아래를 내려다보았다. 안전모를 쓰고 삽을 들고 있는 남자? 아니면 자신을 이리로 보낸 그 멋쟁이 남자인가? 그도 아니면 모자를 쓰고 지팡이를 든 조니 워커인가……?

그가 잠에서 깼을 때, 커튼 사이로 빛이 들어오고 있었다. 그는 눈을 한번 비빈 후 기계적으로 시계를 확인했다. 아홉 시 5분. 정신이 조금 명료해지는 느낌이 들었고, 다행이라는 생각도 들었다. 문득 앞으로의 일정이 떠올랐다. 자신에게 시간이 '정말로' 별로 없다는 사실이 떠오른 것이다. 원래 그는 방콕에서 서울로 돌아간 바로 그다음 날부터 일을 재개할 계획이었기 때문에 이미 여러 가지 일정이 잡혀 있었다. 하지만 방콕이 아닌 리옹에 있는 그로서는 이 일에 시간이 얼마나 걸릴지, 언제쯤 서울에서의 일을 재개할 수 있을지 판단할 수가 없었다. 사무실로 전화를 걸어, 일정을 취소해달라고 말해야 할까? 그는 일과 관련된 약속을 어겨본 적이 없었고, 미뤄본 적은 더더군다나 없었다. 만약 그가 일정을 취소한다면 어떤 일이 일어날까? 그는 고개를 가로저었다. 이 일을 '긴급히' 처리하면 돼. 그러면 아무 문제도 생기지 않을 거야.

그는 욕실로 들어가서 세수를 하고 오랫동안

양치질을 한 후 정성 들여서 면도를 했다. 옷장에서 푸른빛이 감도는 셔츠와 검정색 치노팬츠를 꺼내 입은 후, 진회색 블레이저를 꺼냈다가 다시 집어넣었다. 그는 오랜 시간 동안 고민한 끝에 소매 끝에 노바체크 무늬가 그려진 버버리의 감색 퀼팅 재킷을 셔츠 위에 걸쳤다. 그런 후 거울을 보고 조심스럽게 머리카락을 빗어 넘겼다. 그는 전날 식당에서 눈이 마주친 여자를 떠올렸다. 그래도 전날보다는 자신의 상태가 훨씬 괜찮은 것 같았다. 호텔 밖으로 나온 그는 전날 밤 걸었던 길을 그대로 걸었다. 구글 지도를 다시 확인할 필요도, 표지판을 다시 볼 필요도 없었다. 그는 한 번 갔던 길—그게 아무리 복잡한 경로일지라도—은 절대 잊어버리지 않았다. 전날 밤에 들렀던 식당에서 간단하게 식사를 할 생각이었지만, 아직 영업 전이었다. 그는 조그마한 공터를 둘러보다가, 눈을 한번 비볐다. 무언가 자꾸 흐릿해지는 기분이 들었다. 자전거들이 너무 많이 서 있다는 생각을 했다. 도대체 자전거 주인들은 모두 다 어디로 간 걸까? 자전거 옆으로 커다란 플라타너

스가 서 있었는데, 바람에 잎들이 살랑거리며 흔들거렸고, 나뭇잎 사이로 오전의 햇살이 떨어지고 있었다. 만약, 그 여자, 리즈 도로시 워커가 지금 여기 서 있다면 가장 먼저 무얼 보려고 할까? 암에 걸린 후 새로운 방식으로 자신의 삶을 되돌아보려고 하는 여자. 하지만 하필이면 그게 왜 자신의 전 생애를 부정하는 방식이어야만 하는 걸까? 자신의 인생을 불행한 것으로 만들어서 **얻는** 게 뭐가 있는 거지? 그는 메고 있던 백팩에서, 전날 보았던 안영시-알리샤의 아기 적 사진을 꺼냈다. 안영시-알리샤는 이 시절의 사진을 가지고 있을까? 이걸 보면 기뻐할까? 아니면 화를 낼까? 그녀는 자신의 인생을 어떤 식으로 돌아보게 될까? 그렇게 해서 안영시-알리샤가 얻는 게 뭘까? 그는 입술을 깨물고 미간을 찌푸렸다. 그런 후에 그는 안영시-알리샤가 살고 있다는 건물의 3층을 올려다보며 그 순간 자신이 취해야 하는 가장 적절한 행동이 무엇인지 떠올려보려고 애쓰다가, 갑자기 성큼성큼 걸어가서 건물 현관에 있는 초인종을 눌러버렸다.

집 안으로 들어가는 게 꽤 어려울 줄 알았는데, 현관 앞에서 그 집과 연결되는 번호가 적힌 초인종을 누르고 알리샤의 이름을 대니까 의외로 쉽게 문이 열렸다. 바깥과 통하는 튼튼한 문이 주는 인상과는 다르게 건물 안은 무척 낡아 있었다. 조명은 어두침침했고, 벽은 때가 타서 지저분했으며, 층고가 높은 건물 안의 콘크리트 계단은 가파르고 흉물스러워 보였다. 동굴 같군, 아니, 관 같은가? 그는 3층으로 천천히 걸어 올라가서 벨을 눌렀다. 한 번 더 벨을 눌러야 하는 게 아닌가 하고 망설이고 있을 때, 60대 정도로 보이는 은발의 여성이 나와서 문을 열어주었다. 보풀이 난 검정색 니트 티와 청바지 차림이었다. 약간 지쳐 보이긴 했지만 미소를 지으려고 애쓰고 있었다.

"알리샤와 어떤 관계시죠?"

그는 일부러 더듬거리며 프랑스어로 말을 했다.

"저는 한국에서 왔습니다."

그는 안영시-알리샤의 어린 시절 사진을 그녀에게 건넸다. 그녀는 한참 동안 사진을 들여다보다가 갑자기 정신을 차린 사람처럼 말했다.

"한국에서…… 오셨군요. 들어오세요."

그는 이상하다고 생각했다. 모든 게 너무 수월하잖아. 집 안은 아주 깔끔했다. 거실 소파에 앉아 있던 여자가 그를 노려보더니 방으로 들어가버렸다. 오로지 노려보기 위해서 거실에서 그를 기다렸다는 투로. 문을 열어준 여자보다 좀 더 나이가 들어 보였고, 화가 난 동시에 슬퍼 보였다. 문을 열어줬던 여자는 한숨을 한번 쉬고 그를 돌아보며 이번에도 역시 미소를 지으려고 애썼다. 그녀는 그를 복도 끝 방으로 데리고 갔다. 역시 작지만 깔끔하게 정리되어 있는 방이었다. 성인 여자가 겨우 누울 수 있을 것 같은 크기의 침대 위에는 푸른색 리넨 스프레드가 깔려 있었다. 베개나 이불은 없었다. 벽에는 흔한 사진이나 그림 하나 걸려 있지 않았다. 대신 목재 테두리의 전신 거울이 하나 덩그러니 걸려 있었다. 그건 마치 아무도 원하지 않는 소식이 적혀 있는 편지처럼, 불길해 보였다. 언제나 침묵에 젖어 있을 것 같은 방, 이라는 생각이 들었는데 그는 이게 자신의 시선인지, 리즈 도로시 워커의 시선인지, 그것도 아니면 안영시-알리샤의 시선인지 알 수가 없어서 약간 혼란스러웠다. 침대 머리맡 위쪽으로 창문이 하나 있었는데 흰색 스크린 블라인드가 쳐져 있었다. 그가 바깥에서 바라본 게 아마 이 방인 것 같았다. 침대 바로 옆에는 싸구려 화장대가 있었다. 하지만 화장품은 하나도 없고 대신 길쭉한 갈색 상자와 편지 봉투가 올려져 있을 뿐이었다. 그는 슬쩍 전신 거울 속에 비친 자신의 얼굴을 보며 턱과 뺨을 한번 쓰다듬었다. 거울에 비친 자신의 뒤로 잘 정리된, 빈 침대—요 근래 아무도 누운 적이 없는 것 같은—가 눈에 들어왔다. 그는 눈을 힘껏 감았다가 뜬 후에 화장대 위에 있는 편지 봉투에 쓰인 글자를 읽으려고 애썼다. 그때, 그녀가 그에게 말을 걸었다.

"알리샤의 혈육인가요?"

혈육이라, 이런 전개를 예상하긴 했지만, 이렇게 속도가 빠르고 단도직입적일 거라고는 생각하지 못했기 때문에 그는 조금 당황했다.

"그렇겠죠. 그렇지 않으면 한국에서 그 애를 찾

으러 올 사람이 있을 리가 없으니까."

그가 마땅히 대답할 말을 찾지 못하고 있었지
만, 다행히도 그녀는 그에게 말할 기회를 줄 생각
이 별로 없는 것 같았다. 그녀는 그에 대한 걸 묻
지도 않고 자기 할 말만 계속했다.

"3주 전에 그 애는 죽었어요. 언니는 당신에게
문을 열어주지 말라고 했지만……."

그러니까, 그의 앞에 있는 여성은 안영시-알리
샤의 양이모인 셈이었다. 그가 다른 어떤 생각이
나 판단을 내릴 틈도 없이 갑자기 안영시-알리샤
의 양어머니가 그들이 있는 방으로 들어왔고, 그
녀는 아주 신랄한 태도로 그에게 말했다.

"당신은 운이 좋군요. 만약 우리 딸이 살아 있
었다면 당신은 이 집 안으로 들어오지도 못했을
거예요. 우리 딸은 자신의 친모에 대해서 궁금해
한 적이 한 번도 없어요. 스스로를 한국인이라고
생각한 적도 없고."

"이 사람은 그냥 혈육일 뿐이야. 이분이 알리샤
를 버린 게 아니라고. 게다가 이분이 지금 그 애
를 찾으러 왔잖아. 여기까지 찾아오는 게 얼마나

어려운 일이었겠어."

안영시-알리샤의 양어머니는 마치 안영시-알리샤가 죽은 게 그의 탓이라도 되는 양 그를 노려보다가 입을 열었다.

"그러면 뭘 해? 우리 딸은 이제 죽었는데."

그 말을 남긴 후 안영시-알리샤의 양어머니는 방 밖으로 나가버렸다.

"잠깐 실례할게요."

안영시-알리샤의 이모도 나가고 혼자 우두커니 방에 남게 되자, 그는 그제야 사태가 파악되었고, 혼란스러워졌다. 하지만 그는 정신을 차려야했다. 그는 재빠르게 화장대 쪽으로 다가갔다. 그리고 상자 옆에 놓인 편지 봉투에 적힌 글자를 읽었다. 'L', 아마 누군가의 이름을 나타내는 약자이리라. 그는 조심스럽게 상자를 열어보았다. 예상대로 거기에는 조니 워커 화이트 라벨이 들어 있었다. 병 앞쪽에 사선으로 붙은 하얀색 라벨은 세월의 이치를 이기지 못해 낡고 군데군데 때가 탔고 약간 벗겨져 있었지만, 그래도 용케 제 모양을 잘 간직하고 있었다. 어떻게 해야 할까? 병을 내

가방에 집어넣고 상자 뚜껑을 닫은 후 방을 빠져나가 이 집에 있는 여인들에게 아무렇지도 않다는 듯이 인사를 건네고 곧바로 공항으로 가서 서울로 날아가면 되는 걸까? 그 방법밖에 없었다. 그가 조니 워커 화이트 라벨 병에 손을 댔을 때, 뒤에서 안영시-알리샤의 이모의 목소리가 들렸다.

"미안해요. 언니는 슬퍼서 저러는 거예요. 지난 2년 동안 언니는 그 애를 살리기 위해 사방팔방으로 뛰어다녔거든요."

그는 아무 일도 없다는 듯 아주 자연스러운 태도로 상자의 뚜껑을 덮고 뒤로 돌아 화장대에 엉덩이를 걸치고 엉거주춤 섰다. 그리고 상심한 표정을 지었다. 그녀는 그가 있는 쪽으로 다가왔고, 화장대 위의 상자 뚜껑을 열었다. 그 덕분에 이번에는 편안하게 화이트 라벨 병을 가까이서 볼 수 있었다.

"이건 알리샤가 남긴 유품이에요. 알리샤는 장례식을 하지 말아달라고 했어요. 다만 자신이 죽으면 친구들을 찾아 전달해달라면서 유품들을 남겼거든요."

"유품을 남겼다고요?"

"그 애가 일러준 사람들을 찾기 위해 언니와 나는 정말 백방으로 수소문했답니다. 그 애가 다닌 학교에 가서 학생 명부를 뒤지고, 연락처들을 알아내기도 하고, 온갖 곳에 전화를 걸고, 온갖 사람들을 만나고 때때로는 돈을 써야 하는 경우도 있었답니다. 그래서 당신이 이곳을 찾아오기까지 얼마나 많은 어려움과 시행착오를 겪었을지 충분히 알고 있어요. 지난 3주 동안 우리는 알리샤의 지인들을 맞이하고 유품을 전달하는 일을 반복했어요. 그 일을 반복하는 동안 언니는 기운을 다 써버렸어요. 이제 이 술병 하나만 남았죠. 이 마지막 유품만 주인에게 전달을 하고 나면 언니는 고향으로 돌아갈 계획을 세우고 있어요."

낭패로군, 접근법이 완전히 잘못되었어. 젠장, 이 사실을 알고 있었다면 그는 다른 식으로 이들에게 접근했을 터였다. 아무 말도 하지 못하는 그를 보고 안영시-알리샤의 이모는 그가 충격에 빠진 거라고 생각했다.

"여기까지 찾아온 당신도 지금 이루 말할 수 없이 황망하겠죠. 3주만 일찍 왔더라도…… 아니, 그 애를 못 본 게 차라리 다행인지도 몰라요. 마지막엔 정말로 고통스러워했거든요. 아, 내가 별소리를 다 하네요. 당신에게 차라도 대접하고 싶지만, 언니가 너무 완고해서……."

그는 방금 전보다 훨씬 더 프랑스어에 능숙하지 못한 척을 하며 말했다. 자신의 목소리가 슬픔과 황망스러움 때문에 떨리는 것처럼 들리기를 바라며.

"이런 부탁이 너무 실례가 된다는 걸 알고 있지만, 혹시 이 유품의 주인이 찾아온다면 저에게 연락을 해주시겠어요? 이게 저의 전화번호입니다. 그 애의 친구라도 한번 만나보고 싶어요. 마담, 이런 마음을 이해하시리라 믿습니다."

안영시-알리샤의 이모는 고개를 끄덕이며 안영시-알리샤의 사진을 그에게 돌려주었다.

"아닙니다. 이건 그 애의 양어머니에게 드리는 제 선물입니다."

그녀는 마치 애도한다는 듯이 눈을 감은 채, 그

의 손을 꼭 잡아주었다. 1층으로 내려온 그는 어두컴컴하고 낡고 좁은 복도에 잠깐 남아 있었다. 그는 자신의 머릿속으로, 죽은 사람들 몇 명이 떠오르는 걸 억지로 털어버리고는 답답하다는 듯이 왼쪽 눈을 비볐다. 잘못이 현재진행형이잖아, 그는 그렇게 생각하며 외부로 향하는 문을 열었다. 가을 한낮의 태양이 리옹 구시가지의 작고 외진 광장에 내리쬐고 있었다. 태양은 공평한 거지. 아, 정말로 그런가? 옆으로 고개를 돌리니까, 식당은 어느새 영업을 시작했는지 외부 테이블에 띄엄띄엄 사람들이 앉아 있는 게 보였다. 그는 이리저리 식당을 둘러보다가 거기에 앉아 있는 어떤 여자와 눈이 마주쳤다. 그가 웃어 보이자, 그녀는 자신에게 웃어 보였는지 확인을 한다는 몸짓으로 약간 과장되게 옆을 둘러보았다.

## 5. 일어나지 않은 일은 일어나지 않은 일이다

빌라 플로렌틴으로 돌아온 그는 욕실로 들어
가 뜨거운 물이 가득한 욕조에 몸을 담갔다. 따
뜻한 물속에서 그는 보호받는 기분이 들었고 조
금이나마 안심이 되었다. 그는 젖은 손으로 얼굴
을 문질렀다. 결국 나는 지난 사흘—아니, 나흘이
었던가, 그는 자신의 시간 감각이 자꾸 사라져가
고 있다고 느꼈다— 동안 알게 된 암 환자를 한
명도 실제로 만나지 못하겠구나, 라고, 그는 생각
했다. 어차피 세 명 중 한 명은 이미 죽은 사람이
아니었던가, 그리고 이제 죽은 사람은 둘이 되었
다. 그리고 곧 셋이 되겠지. 욕조에서 나온 그는

몸무게를 재보았다. 서울에서 마지막으로 몸무게를 잰 게, 2주 전쯤에 수영장에 갔을 때였는데 그때보다 3킬로나 빠져 있었다. 옷을 입으니까, 살이 빠졌다는 사실을 좀 더 실감할 수 있었다. 이런 식이라면 벨트가 필요할지도 몰랐다. 그는 바지에 벨트를 착용하는 걸 무척 싫어했다. 사실 이전까지는 벨트가 필요 없었다. 그는 언제나 딱 맞는 바지를 구입했고, 그의 몸은 언제나 같은 무게를 유지했으니까. 여전히 배는 고프지 않았지만, 뭘 좀 먹어야 한다는 생각이 들었다.

그는 서울에서 챙겨 온 각종 영양제들을 먹으려다가 그만두고 룸서비스를 불렀다. 잠시 후 그가 주문한 양고기 스테이크와 버섯, 그리고 으깬 감자와 와인이 도착했지만 그는 거의 먹지를 못했다. 그는 그저 빨리 일을 해결하고 서울로 돌아가고 싶었다. 그 방법밖에는 없는 것 같았다. 그는 서울의 한가운데에 솟아 있는 자신의 사무실과 커튼이 쳐진 집으로 돌아가고 싶었다. 커튼 너머로 한강이 흐르고 강변도로 위에는 쉴 새 없이 차들이 달려가고 있으며, 대관람차가 돌아가고

있는, 바로 그 도시로. 하지만 돌아간다 해도 그
는 절대 커튼을 열어보지 않을 것이었다. 그는 사
람들에게 둘러싸이고 싶었다……. 아니야, 내가
바라는 게 **정말로** 그것일까? 사무실로 전화를 걸
어서 그다음 일정들을 정리해야 한다고 생각했지
만, 도저히 어떤 식으로 설명을 해야 할지 알 수
가 없었기 때문에 그는 결국 아무런 연락도 하지
못했다.

다음 날 열한 시쯤, 밖으로 나가려다 말고 그는
거울을 보았다. 한눈에 봐도 살이 빠져서 볼이 움
푹 들어가 있었고 피부에는 탄력이 없었다. 거울
에 가까이 다가가서 좀 더 자세히 얼굴을 비추어
보던 그는 자신의 눈가와 입가에 생긴 주름을 발
견했다. 마치 모르는 사람을 보는 것처럼 그는 한
동안 거울 속의 자기 자신을 바라보았다.

잠시 후에 그는 빌라 플로렌틴을 나와 언덕을
걸어 내려가고 있었다. 그는 다시 안영시-알리샤
가 살았던 건물의 맞은편 식당에 자리를 잡고 앉
아 있을 생각이었다. 화장대 위에 그런 식으로 상
자와 편지가 올려져 있다는 건, 근시일 안에 누군

가 그걸 찾으러 오기로 되어 있기 때문이리라고 그는 추측했다. 운이 좋다면, 안영시-알리샤의 마지막 유품의 주인을 확인할 수 있을 것이다. 확인한 다음에는? 그는 이런 일의 전문이었다. 상대방에게 접근해서 마음을 돌려놓는 일. 상대방의 약점을 쥐고 있되, 상대방이 마치 자기 자신이 우위에 있다는 듯한 느낌을 지속하도록 만드는 일. 자신도 모르는 사이에 말해서는 안 되는 사실을 누설하게 만드는 일. 혹은 무언가를 그에게 전달하게 만드는 일. 가끔씩 실패할 때도 있었지만, 그건 정말, 말 그대로 가끔씩에 불과했다. 하지만 내가 그렇게까지 운이 좋을 수 있을까? 그는 생각했다. 자신이 안영시-알리샤의 집을 방문한 다음 날, 마지막 유품의 주인이 마치 짠 것처럼—대체 누가 무엇을 짠단 말인가?— 거기에 나타날 만큼? 그는 식당으로 들어가, 이번에도 양파수프와 커피를 주문했다. 어깨 한쪽에 마른행주를 걸친, 콧수염이 난 남자가 양파수프와 커피를 가져다주었다.

그는 재킷 주머니에서 휴대전화를 꺼내다가,

문득 소매의 노바체크 무늬를 바라보았다. 그는 고개를 숙이고 자신이 착용하고 있는 검정색 치노팬츠와 로퍼도 한동안 바라보았다. 그런 후, 호텔에서 가지고 온 메모지와 펜을 꺼내서 이렇게 적었다. "35세의 여성 / L." 더 적을 만한 건 떠오르지 않았다. 유품을 받으러 올 정도라면, 안영시-알리샤와 무척 친밀한 사이였을 게 분명했다. 하지만 아직까지도 유품을 찾으러 오지 않은 걸 보면 어딘가 멀리 살고 있거나 혹은 오랫동안 연락을 끊고 지낸 사이인지도 모른다. 상자 옆에 있던, 이름이 적혀 있던 봉투 속 편지를 읽었어야 했다. 그걸 보지 못한 건 치명적인 실수였다. 거기에는 안영시-알리샤는 물론이고 이 유품의 주인에 대한 많은 정보가 들어 있었을 게 분명했다. 어제, 화이트 라벨을 바라보면서 어떻게 할까? 하는 생각을 하며 시간을 지체해서는 안 되는 거였다고, 그는 자기 자신을 책망하며 '35세'라는 글자에 동그라미를 쳤다. 얼굴을 보고 나이를 짐작할 수 있을까? 그는 궁금했다. 지금 누군가 자신을 본다면 나이를 짐작할 수 있을까? 그런 생각을 하며 그는 공터에 시선을 주었다……. 장바구니를 든 어떤 여성이 건물 입구로 다가가는 걸 보고서야 그는 퍼뜩 정신을 차렸다. 아, 나는 일을 하고 있는 중이지. 그는 장바구니를 든 여자가 입구 안으로 들어가는 걸 보았다. 그가 기다리고 있는 사람은 자신이 어제 그랬던 것처럼 초인종을 누르고 집주인과 대화를 해야 할 것이다. 한 시간 후쯤에 슈트를 말끔히 차려입은 늙은 남자가 건물에서 나온 것 빼고 입구는 여전히 입을 완고하게 다물고 있었다. 그리고 또 한 시간 후에 그는 아는 얼굴을 발견했다. 처음엔 얼굴이 또렷이 보이지 않아서 몰랐는데 눈을 가늘게 뜨고 보니 안영시-알리샤의 이모였다. 어딘가에 다녀오는 모양이었다. 전날 가까이서 봤을 땐 잘 몰랐는데, 멀리서 보니까 그녀는 완전히 제 나이처럼 보였다. 약간 굽은 등과 둔한 걸음걸이가 태양 아래에서는 너무 뚜렷해 보였다. 그는 꼰 다리를 풀고 똑바로 앉았다.

그는 계속 광장을 주시하며 지나다니는 사람들을 놓치지 않으려고 애썼다. 두 시간 정도 후에는 어깨까지 머리카락을 기르고 청바지에 베이지색 트렌치코트를 걸친 동양인 여자가 광장을 혼자 걸어가는 게 보였다. 얼굴이 잘 안 보여서 나이를 가늠할 수 없었지만 걸음걸이로는 그의 또래인 것 같았다. 혼자 여행을 온 동양인인가? 그녀는 아무 계획도 없는 사람처럼 광장을 할 일 없이 돌아다녔다. 손에 카메라나 휴대전화를 들고 있지도 않았다. 풍경을 즐기는 것같이 보이지도 않았다. 그녀가 건물로 다가갔기 때문에 그는 그녀가 초록색 어닝이 쳐진 식당으로 들어갈 모양이라고 생각했다. 하지만 아니었다. 그녀는 완고하게 입을 다물고 있는 입구에 서서 잠시 숨을 고르고 손으로 머리카락을 쓸어 올린 후에 초인종을 눌렀다. 그는 튕겨지듯 자리에서 일어났다. 저 여자일까? 카운터 안쪽에 앉아 있던 콧수염을 기른 남자가, 양파수프와 커피만 시키고 거기엔 손도 안 댄 채, 네 시간 넘게 앉아 있던 손님이 드디어 나가려나 보다 하는 생각으로 그를 바라보았다. 그는 일어선 채로 메모지와 펜을 주머니에 집어넣고 휴대전화를 손에 쥔 채 콧수염 남자를 불렀다. 콧수염 남자는 재빠르게 계산을 끝내줬지만, 그는 다시 자리에 앉았다. 일단은 그 여자가 나올 때까지 기다려야 하리라는 생각이 들었기 때문이 었다. 여자가 나온 건 20분 후였다. 애매한 시간이었다. 안영시-알리샤의 어머니에게 그 유품만 받고 나왔다기엔 너무 긴 시간이었고, 회포를 풀었다기엔 너무 짧은 시간이었다. 그는 여자의 표정을 확인해야 했다. 언제나, 표정이 중요했다. 하지만 잘 보이지 않았다. 다만 여자가 한쪽 어깨에 멘, 여우가 그려진 에코백의 입구로 상자의 윗부분이 조금 드러나 있는 게 보였다. 그는 드디어 가게 밖으로 걸어 나갔고 콧수염 남자는 안도했다.

그녀는 목적지를 정하지 않고 이리저리 되는대로 걷는 중인 것처럼 보였다. 갈림길에서는 잠시 멈추었다가 고민에 빠지는 것처럼 보이기도 했다. 그는 그녀를 따라다니면서 틈틈이 휴대전화를 확인했다. 혹시라도 안영시-알리샤의 이모가 전화를 걸어오지 않을까 싶어서였다. 거리에, 야외 식당에, 엽서 따위를 파는 기념품 가게 앞에 사람들이 모여 있었다. 유모차를 끌고 나온 가족들도 있었다. 그녀는 사람들 사이를 천천히 걸었다. 그녀의 기분이 어떨까? 그는 궁금했다. 방금, 한때 가깝게 지냈던 친구의 유품을 전달받았고, 그건 지금 그녀의 가방 안에 들어 있다. 슬플까? 혼란스럽지는 않을까? 글쎄, 그는 어떤 식으로 그녀를 판단해야 할지 갈피를 못 잡고 있었다. 그는 자신의 사고가 명징하지 못하다는 생각이 들었다. 그 순간, 그는 전날, 자신이 안영시-알리샤의 이모에게 그 여자의 이름도 확인하지 않았다는 걸 깨달았다. 어떻게 그렇게 어리석고 초보적인 실수를 할 수 있었을까? 그는 그녀가 프랑스 국적인지 아닌지 알지 못했다. 한국계인지, 중국계인지, 일본계인지도 알지 못했다. 결혼을 했을까? 가족이 있을까? 하지만 그는 한편으로는 '일'을 하는 데 있어서 그런 게 하등 중요하지 않다는 걸 알고 있었다. 그런 일에서 중요한 건, 상대방의 총체적인 삶의 모습이 아니었다. 그런 정보들이 오히려 혼란을 가중시킬 수 있었다. 그가 알아야 하는 건, 일과 관련된 구체적이고 국소적인 사실들이었다. 심지어 그 사실들은 인과적으로 연결되어 있을 필요도 없었다. 그는 그 모든 사항들을 포함해서, 미행당하는 사람의 삶을 '의미화'해서는 안 되었다. 그런 식의 의미화가 한번 일어나고 나면, 그가 찾아야 하는 어떤 것은 이미 오염되어버리게 된다고 그는 언제나 생각했다. 일어난 일은 그저 일어난 일이고 일어나지 않은 일은 일어나지 않은 일일 뿐이었다.

어느새 그녀는 좁은 골목으로 나 있는 계단을 올라가기 시작했다. 그는 리옹에 대해 아는 바가 거의 없었기 때문에 그녀가 어디로 가는지 잘 몰랐다. 한참을 올라가자, 이번에는 언덕길이 나왔다. 자신이 지나온 길을 돌아볼 법도 한데, 그녀는 한 번도 그러지 않았다. 잠시 후에야 그는 그녀가 어디를 가려고 하는 건지 알게 되었다. 그건 푸에르비에르 언덕 위에 있는 대성당이었다. 그녀는 성당의 외관을 감상하지도 않고 곧장 안으로 들어갔다. 성당 안에는 비교적 많은 사람들이 있었다. 그는 에메랄드빛 천장화와 거대한 모자이크 벽화, 그리고 스테인드글라스 같은 것에 관심을 뺏기지 않을 터였다. 하지만 그녀가 고개를 뒤로 젖히고 천장화를 오랫동안 바라봤기 때문에 결국은 그 역시 그녀처럼 고개를 젖히고 위를 바라볼 수밖에 없었다. 거기에는 노란빛 머리를 길게 늘어뜨린 남자(그는 그 남자가 신일 거라고 생각했다)가 맹세한다는 듯이 왼손을 옆으로 올리고, 오른손은 손바닥을 위로 한 채로 앞으로 죽 내밀고 앉아 있었다. 오른손 위에는 아기 천사가 두 손을 모으고 서 있었다. 남자의 양쪽 발치에 무언가가 앉아 있는 게 보였지만, 너무 멀리 있어서 그런지 무엇의 형체인지 알 수가 없었다. 그는 눈을 비비고 가늘게 떠봤지만, 끝까지 그게 뭔지 정확하게 알 수가 없었다. 그는 자신이 신이라고 생각한 그 남자가 사다리를 타고 어디론가 올라가는 상상을 해보았다. 그는 종교를 가진 적이 없었고, 아마 앞으로도 그럴 터였다. 그림은 그림에 불과한 거지, 그가 그런 생각을 하는 순간, 제대를 제외한 성당 안의 불이 모두 꺼졌다. 성당의 스테인드글라스로 오후 끄트머리의 빛이 쏟아져 들어왔다. 그녀는 제대 쪽으로 천천히 걸어가기 시작했다. 그는 그녀의 발소리를 자신이 듣고 있다고 느꼈다. 하지만 그게 가능할까? 성당에는 그녀 말고도 걷고 있는 사람이 많이 있었고 그와 그녀는 멀찍이 떨어져 있었다. 그가 그 속에서 그녀의 발소리를 구분할 수 있었을까? 제대 앞으로 다가간 그녀는 잠시 가만히 있었다. 기도를 하는 것 같지는 않았다. 그녀는 성호경을 그리지도 않았고 손을 모으지도 않았다. 그녀는 그저 제대 앞에 차례대로 세워져 있는 봉헌된 초들을 물끄러미 바라보기만 했다. 그녀는 무슨 생각을 하고 있는 걸까? 무언가를 슬퍼하는 걸까? 무언가를 부러워하고 있는 걸까? 무언가를 바라는 걸까? 그는 그 초들이 얼마나 오랜 시간 동안 타오르는 건지, 어느 정도 시간이 지나면 저절로 꺼지는 건지 그런 걸 전혀 몰랐다. 그냥 많은 사람들이 여기에 와서 초에 불을 붙이고 기도를 하리라는 것만은 알 것 같았다. 그는 그녀가 초를 봉헌하리라고 생각했지만, 그녀는 그러지 않고 그냥 성당 밖으로 나갔다. 어느새 해가 지고 있었다. 그녀는 전망대에 서서 리옹 시가지가 어둠에 젖어가는 걸 바라보고 있었다. 그리고 그는, 리옹 시가지가 어둠에 젖어가는 걸 바라보는 그녀의 뒷모습을 쳐다보고 있었다.

그는 이제껏 수많은 사람들의 뒷모습을 응시했었고, 그럴 때마다 자신이 조사해야 하는 것, 느껴야 하는 것, 판단해야 하는 것이 명확했었다는 생각을 했다. 그렇지만, 그 순간, 리옹 시가지의 야경을 바라보다가 탄성을 내지르며 이리저리 사진을 찍는 사람들 틈에서 홀로 서 있는 그녀의 뒷모습을 바라보며 그는 자신이 무슨 생각을 해야 할지 전혀 모르고 있다는 걸 인정해야 했다. 모든 게 분명하지가 않았고, 그의 손에 잡히는 게 없었다. 그런 식의 감정은 처음이었다. 내게 무슨 일이 일어나고 있는 걸까? 문득 그날 아침 거울에서 본 자신의 얼굴이 떠올랐고 그는 갑자기 너무 두려워졌다. 순간, 그녀가 두 손으로 난간을 잡고 상체를 약간 숙이는 게 보였다. 그녀의 어깨가 약간씩 떨렸다. 울고 있는 걸까? 그는 저 멀리 빛나고 있는 리옹의 대관람차의 희미한 실루엣을 바라보았다. 초짜 변호사는 서울의 대관람차가 보이는 한강변의 고층 아파트에서 살고 있었고, 작년 여름에 그를 자신의 집에 초대한 적이 있었다. 그 집에는 아이를 돌보는 보모 할머니가 있었다. 그는 그 집에 도착하고 꽤 시간이 흐른 후까지도 보모 할머니가 집에 있는지 전혀 몰랐다. 그들이 한창 식사를 하고 있을 때, 아이의 방에서 보모가 나오는 걸 보고서야 알게 되었다. 초짜 변호사의 아내는 보모가 집으로 돌아갈 때, 과일과 음료수가 들어 있는 쇼핑백을 건네줬었다. 갑자기 왜 그 보모 할머니가 떠오른 걸까? 이야기 한 번 나누지 않은 그런 사람, 그러니까 **모르는** 사람인데. 그는 고개를 절레절레 흔들었다.

언덕 아래로 내려갈 때 그녀는 노면 열차를 탔다. 좌석에 앉아서 한참 미동도 안 하던 그녀는 갑자기 뭐가 생각난 사람처럼 가방 안을 뒤지다가 편지 봉투를 꺼냈다. 'L'이라고 적혀 있는 그 봉투. 그녀는 거기에서 편지를 꺼내 읽기 시작했다. 그녀는 깜짝 놀란 사람처럼 종이를 뚫어지게 쳐다보다가, 이상한 표정을 지었다. 낙담하고, 슬픔에 빠진 것처럼 보이기도 했지만, 한편으로는 억지로 웃음을 참고 있는 것처럼 보이기도 했다. 그녀는 편지를 봉투 안에 집어넣은 후 한동안 그걸 손에 들고 있다가 자리에서 일어났다. 자리에서 일어나면서 그녀는 편지를 손에서 놓치고 말았는데, 옆에 서 있던 다른 여자가 그걸 주워서 건네줄 때에야 비로소 그녀는 자신이 편지를 떨어뜨렸다는 사실을 알아차렸다.

그녀는 신시가지에 있는 부티크 호텔에 머물고 있었다. 그녀가 머무는 호텔로 가려면 그들이 있는 곳에서 강을 건너야 했다. 그녀가 호텔의 엘리베이터에 올라타는 걸 확인하고 나서 빌라 플로렌틴으로 돌아오던 길에 그는 신시가지에 있는 조그만 베이커리 카페에 들어갔다. 무엇이든 먹긴 먹어야 한다고 생각한 그는 커피 한 잔과 레몬 머랭타르트를 주문했다. 테이블에 앉은 그는 주머니에서 휴대전화를 꺼내 확인했다. 부재중 전화가 세 통 와 있었는데, 두 통은 서울에서 걸려온 것이었다. 그는 나머지 한 통의 통화 버튼을 눌렀다. 안영시-알리샤의 이모였다.

"오늘 오후에 마지막 유품의 주인이 찾아왔어

요. 바로 전화를 해서 알려주고 싶었지만, 언니가 절대로 당신에게 알리샤의 친구에 대해 알려주지 말라고 하는 바람에, 전화도 할 수가 없었어요. 나를 하루 종일 감시했을 정도니까요."

그녀는 여기까지 말하고 한숨을 한 번 쉬었다.

"언니는 방금 마른으로 떠났어요. 언니를 배웅하고 집으로 돌아와서 바로 당신에게 전화를 걸었는데 받지 않아서, 혹시 한국으로 가버린 게 아닌가 걱정을 했답니다. 언니는 당신이 한국에서 가져온 알리샤의 어릴 적 사진을 가지고 갔어요. 끝까지 화를 내면서 기차에 올랐지만 사실은 당신에게 굉장히 감사하고 있을 거예요. 언니는 알리샤를 정말로 많이 사랑했거든요. 알리샤가 완전히 버림받은 게 아니라는 거, 어디선가 혈육이 그 애를 그리워했다는 사실을 알았기 때문에 마음 한구석으로는 안심을 했을 거예요. 분명히 그럴 거예요, 말은 안 해도 알 수 있어요."

그녀는 역시 그의 대답은 별로 기다리지 않고 계속 말을 이었다. 그녀가 말을 하는 동안 그는 타르트 한 조각도 입안에 넣을 수가 없었다.

"알리샤의 친구의 이름은 리예요. 알리샤가 다니던 고등학교에서 알리샤를 제외하고 유일한 한국계였대요. 언니는 알리샤가 고등학교에 다닐 당시 한국계 아이가 한 명 더 있다는 이야기는 들었지만, 친하게 지냈는지는 전혀 몰랐다고 했어요. 리 양은 글쎄, 알리샤의 유품을 받으러 맨해튼에서 여기까지 와줬어요. 정말 고마운 일이죠. 리 양에게 당신에 대한 이야기도 했어요. 한국에서 알리샤의 혈육이 찾아왔다고요. 알리샤의 친구를 만나고 싶어 한다고 했더니 부담스러워하더군요. 연락처나 숙소가 어딘지도 알려주고 싶어 하지 않는 것 같았어요. 머물고 있는 호텔의 이름은 알았지만, 그 외에는 저도 알아낸 게 없어요. 리옹에는 사흘 정도 더 머물 생각이라고 말했어요. 미안해요. 도움이 별로 못 되어서."

알리샤의 이모가 호텔의 이름을 알려주었고, 그는 고맙다고 말했다. 그녀는 꼭 그가 알리샤의 친구를 만나서 대화를 하게 되기를 바란다고 말하며 전화를 끊었다. 그는 결국 커피와 레몬머랭타르트에는 입도 대지 못한 채 카페 밖으로 나왔다.

객실로 돌아와서 잘 준비를 끝내자, 문득 자신이 이곳에 도착한 첫날 이후로는 그 남자에게 연락을 한 적이 없다는 사실을 깨달았다. 이메일을 확인하려고 휴대전화를 봤더니, 그사이에 서울에서 전화가 두 통 더 와 있었다. 그는 문자를 보냈다. '서울로 좀 늦게 돌아갈 거 같아요. 일주일 정도만 일정을 조정해줘요.' 그렇게 문자를 보내고 나니까 그는 자신이 처한 사태가 사실은 아주 단순명료하다고, 그저 문장 두 개만이 필요한 일이라는 생각이 들었고, 그러자 좀 홀가분해지는 것 같았다. 그 남자에게서는 메일이 다섯 통 와 있었다. 가장 최근에 온 건 불과 두 시간 전이었다. 메일은 모두 영어로 적혀 있었고, 내용은 한결같이 똑같았다. "일이 어떤 식으로 진행되고 있는지 보고 바람." 그는 답장을 적으려다가 그만두고, 응접실에 걸려 있는 커다란 거울을 바라보았다. 가까이 가지는 않았고, 멀찍이 떨어져서. 그런 후, 그는 일전에 그랬던 것처럼 커튼과 창문 사이로 들어가 창밖을 바라보았다. 다닥다닥 붙어 있는 낮은 건물들의 윤곽이 정확하게 그의 눈에 잡히지 않는 것 같았다. 그는 답답한 기분을 느꼈다. 그러니까 눈앞에 불투명한 막이 있는 것 같은 그런 느낌, 무언가 자꾸 흩어져버리는 것 같은 그런 기분. 저 멀리 푸에르비에르 언덕의 대성당의 높은 첨탑이 보였다. 그는 전날에는 저렇게 높은 첨탑을 인식하지 못했었다는 사실을 깨달았다. 그는 호텔의 야외 수영장으로 시선을 옮겼다. 바람 한 점 없는지, 수영장의 물은 조금의 파동도 없었다. 야간에 수영을 하러 올 사람이 없을 것이 분명한데도, 수영장의 꼭짓점 부근마다 설치된 전등은 여전히 환하게 불을 켜두었고 수영장 옆에 있는 조그만 자쿠지 역시 불을 환하게 밝혀두었다. 그는 호텔 내부와 수영장으로 통하는 입구를 뚫어지게 바라보았다. 마치 누군가를 기다리는 사람처럼.

## 6. 대관람차

　그다음 날 아침 여섯 시에 그는 빌라 플로렌틴 앞에서 택시를 타고 그녀가 머물고 있는 신시가지의 부티크 호텔 앞으로 갔다. 그녀가 나올 때까지 기다릴 생각이었다. 너무 이른 시간이라 문을 연 가게가 없었기 때문에 그는 그녀가 머물고 있는 부티크 호텔의 로비로 들어갔다. 프런트 직원이 그를 힐끗 바라봤지만, 별로 신경 쓰는 것 같지는 않았다. 그는 직원의 눈에 띄지 않을 만한, 구석에 놓인 빨간색 비로드 소파에 앉아서 미니바에서 꺼내 온 초코바를 한 입 깨물었다. 지나치게 달달한 냄새가 그의 코끝을 찔렀고, 그는 그

냄새가 너무 자극적이라고 느꼈다. 하지만 그는 끝까지 다 먹을 생각이었다. 바지가 헐렁해져서 그는 빌라 플로렌틴을 나오는 길에 컨시어지에게 벨트를 하나 사다 달라는 부탁까지 해야 했던 것이다. 컨시어지는 순간적으로 어안이 벙벙한 표정을 지었지만 곧바로 직업적인 미소로 응대하며 알겠다고 대답했다.

초코바를 다 먹고 나자 갑자기 체내에 흡수된 당분 때문인지 속이 약간 메슥거렸다. 그는 가만히 앉아서 속이 괜찮아질 때까지 기다렸고, 속이 괜찮아진 후에는 로비에 붙어 있는 거울 쪽으로 다가가서 자신의 모습을 한번 비추어 보았다. 다시 소파로 돌아온 그는 로비 구석구석을 응시하며, 그 여자에게 어떤 식으로 접근을 해야 할지 생각을 정리했다. 자신이 안영시-알리샤의 오빠라고 말하며 그녀에게 접근하는 방법이 최선이라는 생각이 들었다. 그는 안영시-알리샤의 이모에게 그녀가 어디서 머무는지 이야기를 들었고, 너무 만나고 싶은데 방법이 없어서 아침부터 무작정 기다리고 있었다고 말할 생각이었다. 그녀는 한국어를 할 줄 알까? 그녀는 왜 프랑스에서 고등학교를 다닌 걸까? 그녀 역시 입양아일까? 그렇다면 자신의 처지—입양된 동생을 찾아 멀리서 찾아왔지만 결국 죽었다는 소식만 들은—가 그녀의 감정을 움직이기에는 훨씬 더 유리할 터였다.

로비에 사람들이 들락날락거리기 시작하고 햇볕의 양감이 변하는 걸 느끼면서 그는 꼼짝도 하지 않고 소파에 앉은 채로 머릿속으로 그녀에게 말을 거는 자신의 모습을 몇 번이나 이미지 트레이닝했다. 무조건 이 로비에서 말을 걸어야 해. 그게 가장 자연스러워. 밖으로 혼자 나가게 해서는 안 돼. 절대로 그런 일이 생겨서는 안 돼. 그는 그녀에게 어떤 속도로 다가갈 건지, 프랑스어를 어느 정도로 더듬거릴 건지, 어떤 각도와 표정으로 그녀를 바라볼 건지를 끊임없이 머릿속으로 그려보고 있었다. 드디어 오전 열한 시쯤 엘리베이터 문이 열리고 전날과 같은 옷차림의 그녀가 내리는 게 보였다. 어제와 다른 점이 있다면 머리를 묶었고, 커다란 링 귀걸이를 한 채 옅은 화장을 했다는 거였다. 그녀는 프런트 데스크로 가서 직원과 무언가 길게 이야기를 나눴다. 표정이 보이지 않아서 무언가를 부탁하는 건지, 불편 사항을 접수하는 건지, 궁금한 걸 물어보는 건지 전혀 알 수가 없었다. 그는 소파에서 일어나 조금 더 멀어진 거리에 서서 그녀를 응시했다. 그녀가 어깨에 멘 에코백에는 (너무나 당연하게도) 더 이상 상자가 들어 있지 않았다. 그녀의 어깨가 어제보다 가벼우리라는 생각을 하자, 이상하게도 그는 안심이 되는 것 같았다. 마침내 그녀가 프런트 직원과의 긴 이야기를 끝내고 출입문으로 걸어가기까지 그에게는 분명히 두세 번의 기회가 있었다.

하지만 그는 끝내 그녀에게 말을 걸지 못했다.

왜였을까? 그는 나중에 그런 질문도 던져봤는데, 그것 역시 후회를 하거나 회한에 잠겨서 그런 게 아니라 정말로 그냥 궁금했기 때문이었다. 하지만 그는 그 질문에도 답을 하지 못했다. 사실, 그런 식으로, 그는 오랜 시간이 흐른 후에 대답하지 못할 많은 질문들과 마주하게 된다.

그는 건물 출입문으로 걸어가는 그녀를 그저

바라보기만 했고, 잠시 후 약간 허둥거리다가 그
녀를 따라가기 시작했다. 굳이 그녀의 뒤를 밟을
필요가 없었는데도 그렇게 했다. 그가 해야 하는
일은, 빌라 플로렌틴으로 돌아가서 그 남자에게
이메일을 보낸 후에 서울로 전화를 걸어 일정이
어떤 식으로 변경되었는지 확인하는 것이었다.
제대로 된 식사를 하고 숙면을 취한 다음, 날이
밝으면 다시 그녀가 머무는 호텔의 로비에서 기
다리다가 그녀에게 쭈뼛거리는 태도로 말을 거는
것이었다. 그걸 똑똑히 알고 있었지만, 그는 빌라
플로렌틴으로 돌아가지 않았다. 도대체 왜?

　전날에 그랬던 것처럼 그녀는 걷기만 했다. 풍
경 사진을 찍지도 않았고, 가끔씩 어디로 가야 할
지 모르는 사람처럼 걸음을 멈추었다. 론강 둔치
에 모여 앉아서 와인을 마시거나 일광욕을 하는
사람들도 오랫동안 바라보던 그녀는 벨쿠르 광장
으로 갔다. 벨쿠르 광장에는 그가 전날 푸에르비
에르 언덕 전망대에서 봤던 그 대관람차가 있었
다. 그녀는 대관람차 앞으로 가서 한참 동안 서성
거렸다. 표를 살까 말까 고민하는 것 같았다. 하

지만 그녀는 결국 표를 사지 않고, 머뭇거리며 다른 곳으로 발걸음을 옮겼다.

대관람차를 포기한 그녀가 다음으로 도달한 곳은, 회전목마 앞이었다. 하지만 이번에도 마음을 잘 못 정하겠는지 아까처럼 회전목마 매표소 앞을 서성거리기만 했다. 그러다가, 그녀는 회전목마 매표소로 다가오던 남자와 부딪혔다. 남자는 대여섯 살로 보이는 여자아이의 손을 잡고 있었다. 사실 회전목마에는 대부분 아이들, 그리고 아이들의 부모가 타고 있었다. 그녀는 그 부녀에게 미안하다고 말하고는 매표소에서 멀찍이 떨어진 곳에 서서 그 가족이 표를 사는 걸 지켜보았다. 그는 그녀가 이번에도 다른 곳으로 발걸음을 옮길 거라고 생각했는데, 그의 예상과 달리 이번에 그녀는 매표소 쪽으로 걸어갔다. 무언가 결연한 분위기마저 풍겼다. 그녀는 더 이상 아무런 고민도 하지 않고, 표를 사버렸다. 잠시 후 그녀는 매표소 옆에 놓인 의자에 앉아서 자기가 탈 차례가 오기를 기다리고 있었다. 그는 그녀가 어떤 표정을 짓고 있는지 궁금했다. 기대에 찬 표정을 짓고 있을까? 후회를 하고 있을까? 이윽고 회전목마가 멈추고 타고 있던 사람들이 내려오고 새로운 사람들—그래봤자 몇 명 되지도 않았지만—이 회전목마에 올랐다. 아까 그녀와 부딪힌 아이와 아빠는 하나의 목마에 함께 올랐다. 그녀도 목마에 올라탔다. 그는 그녀가 어색해 보인다고 느꼈다. 회전목마가 돌아가자 그는 그녀의 표정이 보고 싶어서 회전목마 쪽으로 가까이 갔다. 회전목마가 한 바퀴 돌고, 그녀의 얼굴이 그가 있는 쪽으로 향하게 되자, 그녀의 표정이 그의 눈에 들어왔다. 첫 바퀴째에 그녀는 웃으려고 노력하고 있었고, 그다음 바퀴를 돌 때에는 그 웃음에 민망함이 섞여 들어가 있었고, 세 번째 바퀴를 돌 때에는 민망함만 남아 있는 것처럼 보였다. 드디어 회전목마가 멈추고 목마에서 내려오는 그녀는 그래도, 어쩐지 홀가분해 보였다. 하지만 행복해 보이지가 않잖아, 그는 자신이 한 생각 때문에 깜짝 놀랐다. 행복해 보이지 않는다고? 세상에, 내가 대체 무슨 생각을 하고 있는 거야?

그녀는 손강을 건너 구시가지 쪽으로 갔다. 그

녀는 천천히, 그리고 성실하게, 무슨 걷는 기계라
도 된 것같이 걸었다. 가게들을 지나가다 가끔 쇼
윈도 안을 유심히 바라보기도 했다. 전날에는 전
혀 하지 않았던 행동이었다. 가장 처음에는 파이
가 진열된 가게에 멈춰 서 각종 파이들을 물끄러
미 바라보기만 하다가, 그다음에는 기념품 파는
가게 앞에 서서 한동안 쇼윈도를 바라보았고, 그
리고 꽃 가게와 초콜릿 가게에서도 발길을 멈추
고 쇼윈도를 바라보았다. 그는 그 쇼윈도에 자기
자신의 모습을 비춰보고 싶은 생각이 간절했다.
자기 자신이 남들에게 어떤 식으로 보이고 있는
지 확인하고 싶은 마음이 굴뚝같았고, 그걸 알지
못해서 초조해졌지만, 자제력을 끌어모았다. 그
녀는 이번에는 붉은색으로 간판을 칠해놓은 식당
의 전면 창문에 딱 붙어 서서 양손으로 가림막을
만들고 그 안을 응시했다. 당연히 그녀가 가게 안
을 구경만 하고 다른 곳으로 이동하리라고 예상
하고 있었는데, 갑자기 그녀가 그 식당 안으로 들
어갔고, 놀란 그는 다른 판단을 내리기도 전에 아
무 생각도 없이 그녀를 따라 식당 안으로 들어가

버리고 말았다.

　가게 안으로 들어가자마자, 그는 자신이 큰 실수를 저질렀다는 사실을 깨달았다. 이런 경우는 밖에서 그녀가 나올 때까지 기다리는 게 원칙이었다. 가게 안은 너무 조그마했고, 남은 테이블이 세 개밖에 없어서 그가 어디에 앉는다 하더라도 그녀의 시선 안에 들어갈 수밖에 없었다. 그냥 나가는 건 더 이목을 끌 것 같았다. 그는 짐짓 아무렇지 않은 척을 하며 그녀 옆 테이블에 앉았다. 리옹식 부숑을 판매하는 식당이었다. 그는 태연하게 21유로짜리 부숑을 주문했다. 그녀는 옆자리에 누가 앉아 있는지는 전혀 관심이 없었고 턱을 괸 채 바깥을 바라보았으며, 음식이 나온 후에는 그저 음식에만 집중했다. 그는 별로 먹고 싶은 기분이 들지 않았지만, 그녀와 식사 속도를 맞추기 위해 안간힘을 썼다. 그녀는 성실하게 음식들을 섭취했지만 그는 베이컨이 들어간 리옹식 샐러드의 반을 남겼고, 낭투아 소스가 곁들여진 크넬은 먹었다고 말하기도 어려울 정도였다. 접시를 치워달라고 할 때마다 직원은 진심이냐는 듯한 표정으로 그를 바라보았다. 마지막으로 나온 디저트는 프로마주가 들어간 초콜릿케이크였다. 그가 케이크의 반의반의 반을 겨우 먹었을 때 그녀의 디저트 접시는 이미 거의 다 비워져가고 있는 중이었다. 그는 이제 자신이 할 수 있는 최선의 일은 그녀보다 먼저 계산을 하고 밖으로 나가는 것, 오직 그것뿐이리라고 생각했다. 그 후에 어떤 식으로 일을 진행하더라도, 그게 현재로서는 최선이었다. 다른 방법은 없었다.

그때, 그녀가 한국어로 그에게 말을 걸었다.

"한국인이죠?"

그녀의 한국어 발음은 나쁘지 않았다. 그녀의 한국어 발음을 듣고 그는 순식간에 포시즌스의 그 남자를 떠올려버렸다. 그리고 포시즌스의 남자를 떠올리자, 지금 자신이 처한 상황을 완전히 실감해버리고 말았다. 그는 일을 망쳐버렸고, 위기에 처해 있었다. 그는 하루 동안 해서는 안 되는 행동만 계속해온 것이었다. 로비에서 그녀에게 말을 걸지도 못했고, 미행을 하다가 그녀와 같은 식당에 들어와버렸고, 이제는 말까지 섞어버릴 처지에 놓인 것이다. 그 남자에게 보낼 두 번째이자 마지막 메일의 문장이 그의 머릿속으로 지나갔다. "실패했습니다." 그는 혼란스러웠다. 어떻게 하지? 지금이라도 안영시-알리샤에 대한 이야기를 꺼내야 할까? 부자연스럽게 느껴지지 않을까? 그는 판단을 내릴 수가 없었다. 그는 그저 고개를 끄덕이기만 했다.

"외국에서 오래 살다 보니까 대충 보면 한국계인지, 중국계인지, 일본계인지 구분을 하겠더라고요."

그녀는 그보다 먼저 직원을 불러서 계산서를 가져다 달라고 말했고 잠시 후에 카드 계산서에 사인을 하면서 그에게 말했다.

"좋은 여행 되시기를 바랄게요."

그녀가 어깨에 가방을 메고 자리에서 일어나려고 준비를 하는 걸 보자 그는 뼛속부터 초조해지는 걸 느낄 수 있었다. 그는 생각에 집중하려고 애썼다. 그녀를 붙잡아야 했다. 하지만 어떻게? 무슨 수로?

문득 그는 아까 벨쿠르 광장의 대관람차 앞에

서 망설이던 그녀를 떠올렸다.

"저기, 실례가 안 된다면 저랑 같이 대관람차를 타주실 수 있으실까요? 혼자 타려니까 어쩐지 너무 창피해서요. 물론 혼자 대관람차를 탄다는 게 이상한 일은 아니지만……."

그 말을 들은 그녀는 당최 이해가 안 된다는 표정으로 한동안 그를 바라보았다. 그러고는 어깨를 한번 으쓱하고는 아무 대답도 하지 않고 식당 밖으로 나가버렸다. 그는 포크를 접시 위에 가만히 내려놓은 채, 그냥 앉아 있기만 했다. 자신이 무슨 일을 벌였는지 생각해보기 위해서였다. 실수의 연속이었다. 그런 바보 같은 패를 던지다니, 그녀를 그냥 내보내는 것보다 훨씬 더 나쁜 방식이었다. 하지만 한편으로는 차라리 잘됐다는 생각도 들었다. 이걸로 이 일은 끝인 셈이었다. 이제는 구제의 여지가 없었다. 일이 틀어진 데에는 따지고 보면 의뢰자 쪽에서 애초에 제대로 된 정보를 주지 않은 이유가 컸다. 그의 실패에 대해서 그쪽에서도 할 말이 없을 것이었다. 그는 가장 빠른 비행기표를 끊어서 얼른 서울로 돌아가면 된다고 생각하며 초콜릿케이크를 한 조각 입에 넣었다. 그때 그녀가 다시 식당 안으로 들어왔다. 그녀에게서는 희미하게 담배 냄새가 났다.

"좋아요. 대관람차 타러 가요."

그녀가 그에게 말했다. 그는 얼떨떨했지만, 서둘러 계산을 하고 그녀를 따라 밖으로 나갔다. 벨쿠르 광장으로 가는 길에 그들은 서로에게 한마디도 건네지 않았다. 길가에는 엄청나게 키가 큰 플라타너스들이 일렬로 서 있었다. 가끔 보드를 타는 애들이 그들 사이를 지나갔다. 그는 그 순간을 이용해야 한다고 생각했다. 그녀에 대한 구체적이고 국소적인 정보를 얻을 수 있는 절호이자 마지막 찬스나 마찬가지였으므로. 아직 일은 실패하지 않았어, 아직 기회는 있어. 그는 그녀에게 말을 걸었다.

"전 리옹에는 처음 와봐요. 여행을 그리 좋아하는 편은 아니거든요. 정말로 필요하다고 느껴질 때만 여행을 떠나죠."

"정말로 필요하다고 느껴질 때요? 리옹엔 무슨 필요 때문에 왔어요?"

그녀가 질문을 했다.

"누구를 만나러 왔어요. 아주 중요한 사람. 그렇지만 만나지 못했어요."

그는 그녀가 질문하기 전에 재빨리 입을 열었다.

"당신은요? 여기 살아요?"

"아니요, 저는 그냥 휴가차 놀러 온 거예요."

그렇게 말한 후 그녀는 그를 보고 미소 지었다. 대관람차 앞에는 아까보다 사람들이 많았다. 그들은 매표소에서 각각 자신의 표를 샀고 함께 기구에 올랐다. 지상에서 올려다봤을 때보다 기구는 빨리 움직이는 것 같았고, 자주 기우뚱거렸다.

"이런 건 처음 타봐요. 그래서 이렇게 기우뚱거리는 게 정상인 건지 모르겠어요."

그녀가 부끄러운 사실을 털어놓는다는 듯이 말했다. 그는 자신도 그렇다고 대답하며 말을 이었다.

"집에서 그리 멀지 않은 곳에 대관람차가 있는데 한 번도 타보질 못했어요."

"아, 그래요. 맞아요. 제가 서울을 떠날 때 한창

공사 중이었던 기억이 나요. 대관람차."

그렇다면 그녀는 10대 중반쯤에 서울을 떠난 셈이 되는 거니까, 입양아는 절대 아닌 셈이었다. 어느새 그들이 탄 칸이 가장 높은 곳으로 올라갔다. 그녀는 조용히 밖을 바라보았다. 벨쿠르 광장의 전경이 한눈에 들어왔고 저 멀리 론강과 그 전날 갔었던 푸에르비에르 언덕의 대성당도 한눈에 들어왔다. 파리의 에펠탑을 본뜬 작은 구조물도. 반대쪽으로는 손강을 둘러싸고 건물들이 늘어선 게 보였다. 커튼이 있다면 훨씬 더 좋았을 거라는 생각을 하며 그는 아까 회전목마를 혼자 타며 지었던 그녀의 표정과 그 표정을 보고 자신이 했던 생각을 떠올렸다. 전혀 행복해 보이지가 않잖아, 그렇다면 지금 이 순간 내 표정은 어떤 식으로 보일까? 그는 그런 궁금증이 들었다.

잠시 후 대관람차에서 내릴 때, 그가 그녀의 손을 살짝 잡아주었다. 그녀가 말했다.

"생각보다 시시하네요."

"원래 뭐든지 겪어보면 시시하다고 느끼게 되는 거죠."

"아니요. 직접 겪어도 시시하지 않은 것들도 많아요."

그는 목마에서 내려올 때 그녀가 지었던 표정을 떠올려보았다. 그녀는 그때 그걸 시시하다고 느꼈던가, 그렇지 않다고 느꼈던가?

## 7. 커다란 개들은 왜 다 슬퍼 보이는 걸까

그와 그녀는 노천카페의 빨간색 파라솔 아래 야외 테이블에 마주 보며 앉아 있었다. 카페는 도로를 면해 있었고, 도로 너머에는 산책로가 이어져 있었다. 산책로 너머에는 공용 주차장이 있었다. 거기에 차를 댄 사람들이 무단횡단을 하는 게 보였다. 그녀는 하우스와인을, 그는 커피를 주문했다. 그녀가 그에게 담배 한 대 피워도 되냐고 물었다. 그녀 말고도 담배를 피우는 손님들이 몇 명 있었다. 그는 고개를 끄덕였다. 그는 전날 그녀가 담배를 한 대도 피우지 않은 사실을 떠올렸다. 그녀는 순식간에 담배 한 대를 다 피웠고, 직원이 하우스와인을 가져다주자, 두 번째 담배에 불을 붙였다. 그녀는 두 번째 담배를 다 피울 때까지 한마디도 하지 않았다. 그는 그녀가 입을 열 때까지 기다릴 작정이었다. 그녀가 담배 연기를 내뿜으며 손가락으로 무언가를 가리켰다.

"저것 좀 봐요."

"뭘요?"

그가 두리번거렸다. 그녀가 가리킨 건 주인을 따라 산책 나온 몰티즈 두 마리였다. 주인의 걸음에 맞추어 작은 개들이 종종거리며 걷고 있었고, 자기들끼리 장난을 치기도 했다. 그녀는 개가 사라진 후에도 그 길의 끝을 오래도록 바라보다가 입을 열었다.

"작은 개들은 하나도 안 슬퍼 보이잖아요. 그렇죠?"

그는 동물을 보고 어떤 감정을 가져본 적이 별로 없었다. 반려동물을 키우는 건 인간의 이기심이 제멋대로 포장된 결과라고 생각한 적이 있긴 했다.

"개를 키워요?"

그녀는 고개를 끄덕였다.

"우리 개는 아주 커요."

그녀는 더 이상 자신의 개에 대해서 이야기하고 싶어 하지 않는 것 같았다. 그녀는 빈 잔을 흔들며 와인을 한 잔 더 주문했고 세 번째 담배에 불을 붙였다. 마치 할당량을 정해놓은 사람처럼 그녀는 맹렬하게 필터를 빨아들인 다음, 길게 담배 연기를 내뿜었다. 담배를 피우고 와인을 마시면서 그녀는 턱을 괴고 산책로 쪽을 바라보고 있었다. 하지만 그는 그녀가 사실은 아무것도 바라보고 있지 않고, 그저 자신만의 생각에 빠져 있다는 걸 알 수 있었다. 무슨 생각을 하고 있는 걸까? 유품에 대해 생각하는 걸까? 친구의 죽음에 대해 생각하는 걸까?

"그래서 다행이라고 생각해요."

"뭐라고요?"

"우리 개가 아주 커서 다행이라고 생각한다고요. 건물 주인 아주머니는 무척 싫어하시지만요."

"개가 당신을 기다리고 있겠네요?"

그는 하마터면 그 말 뒤에 리, 라고 그녀의 이

름을 부를 뻔했다. 그러고 보면 그녀는 그에게 이름조차 물어보지 않은 거였다. 따지고 보면 그녀의 입장에서도 마찬가지였다. 그는 그녀에게 이름조차 물어보지 않았으니까.

"네, 지금은 혼자 있어요."

"개는 혼자 오래 있으면…… 뭐…… 문제가 생기지 않아요?"

"맞아요. 그래서 걱정이 돼요."

그녀는 우울한 기분을 떨치고 싶다는 듯이 고개를 흔들면서 일부러 경쾌하게 꾸민 말투로 대답했다.

"옆집에 사는 대학생에게 스페어 키를 맡겨놓고 왔어요. 시간이 날 때마다 우리 집으로 가서 식사도 챙겨주고 잠시라도 함께 있어달라고 했거든요. 개는 우리 개를 엄청 좋아해요. 그러다 보면 익숙해질 거예요."

"뭐에 익숙해진다는 말이죠?"

그의 질문에 그녀는 영문을 모르겠다는 표정으로 그를 바라보았다. 그의 질문에 대해 영문을 모르겠다는 게 아니라, 자신이 방금 한 말에 대해 그렇다는 듯이.

"우리 개가 밥 먹는 소리가 너무 그리워요. 첩 첩첩첩, 이런 소리를 내거든요."

그는 그녀가 흉내를 너무 잘 내는 것 같아서 자신도 모르게 소리 내서 웃어버렸다. 개가 밥 먹는 소리를 직접 들어본 적도 없으면서. 담배를 재떨이에 비벼 끈 그녀는 와인 한 잔을 또 주문했고, 그를 보며 쑥스럽다는 듯이 웃었다. 그녀가 웃을 때마다 그녀의 링 귀걸이가 달랑, 움직였다.

"개 이름이 뭐예요?"

그의 질문에 그녀는 잠시 뭔가를 떠올리고 있는 것 같았다. 무얼 떠올리는 걸까? 그녀의 얼굴. 전날부터 그녀를 미행하면서, 옆 테이블에서 점심 식사를 하면서, 대관람차 안에서 몇 번이나 봤던 얼굴인데 그는 마치 그녀의 얼굴을 처음 보는 것 같다는 기분이 들었다. 그러니까 단순히 처음 보는 사람 같다는 느낌이 아니라, 마치 자신이 그날 아침 거울을 보다가 주름살을 발견했을 때 같은 그런 느낌.

"우리 개의 이름, 알려주지 않을래요."

그런 식의 대답은 전혀 예상하지 못한 것이었지만 그는 짐짓 아무렇지도 않은 척, 그녀의 눈길을 피하며 커피를 한 모금 마셨다.

"혹시 기분이 상했어요?"

그녀의 말에 그가 웃음을 터뜨렸다.

"아니요. 하지만 개의 이름이 궁금하긴 하네요."

그녀가 네 번째 담배를 입에 물려다가 그에게 담배를 피워본 적이 있냐고 물었다.

"없어요. 술은 마시지만 담배는 안 피워요."

"왜요? 남에게 피해를 주는, 옳은 일이 아니라고 생각해서요?"

그는 커피를 한 모금 더 마시고, 미간을 찌푸린 채로 대답했다.

"아뇨, 폐암에 걸릴까 봐요."

그녀는 네 번째 담배를 담뱃갑 안에 도로 집어넣고 몸을 의자 뒤로 깊숙이 기대고는 팔짱을 낀 채로 그를 관찰하듯 바라보았다. 그녀는 뭔가를 망설이는 것 같았다. 그는 자신의 말이 그녀의 어떤 부분을 건드렸다는 걸 알았다. 하지만 그게 뭔지는 알 수 없었다. 그녀가 무언가 이야기를 꺼내려고 했을 때, 그의 주머니에 있던 전화벨이 울렸다. 발신자를 보니까 안영시-알리샤의 이모였다. 그는 그녀에게 양해를 구한 후, 앉아 있던 곳에서 멀찍이 떨어진 곳으로 가서 전화를 받았다. 안영시-알리샤의 이모는 약간 흥분해 있는 것 같기도 하고, 화가 난 것 같기도 하고, 어쩔 줄 몰라 하는 것 같기도 했다.

"혹시 그녀를 만났나요?"

"그녀요?"

"리 양 말이에요."

그는 거의 본능적으로, 자신이 그녀와 만났다는 이야기를 하면 안 될 거 같다는 생각이 들었다.

"아니요."

"세상에, 착오가 있었어요. 우리가 편지를 잘못 보낸 거예요! 언니는 어쩐지 이상하게 느꼈다고 말하더라구요. 알리샤의 친구인데 그렇게까지 기억이 남아 있지 않다는 게 이상했다고."

"무슨 말씀이세요?"

"어떻게 이런 실수를 했는지 모르겠어요. 알리샤가 유품을 전해달라고 한 사람은 Lela challet였는데, 우리가 유품을 받으러 와달라고 편지를 보낸 사람은 Charlotte Lee인 거예요."

안영시-알리샤의 이모의 말에 따르면 안영시-알리샤의 고등학교에는 아주 기억력이 뛰어난 선생님이 있었는데 그 선생님은 여전히 알리샤를 기억하고 있었다. 그 선생님은 아주 적극적으로 안영시-알리샤의 친구 목록을 살펴보면서 학생 명부에서 이름과 연락처를 찾아주었는데, 알리샤가 유품을 주고 싶을 만한 상대로 아주 **자연스럽게,** 당시에 같이 학교를 다녔던(그리고 한국인이었던) Charlotte Lee를 떠올린 거였다. 어색하지만 한편으로는 전혀 어색하지 않고, 이상하지만 한편으로는 전혀 이상하지 않은 착각이었다. 안영시-알리샤의 어머니와 이모에게서 받은, 손으로 쓰여진 메모지에서 분명히 'Lela challet'라는 글자를 봤으면서도 그랬다. 선생님은 안영시-알리샤의 어머니를 위해 깨끗하게 이름과 연락처를 타이핑해서 건네줬고, 안영시-알리샤의 어머니와 이모는 그 타이핑된 종이로 연락을 한 거였다. '원본'과 비교할 필요성을 느끼지 못한 건 너무 당연한 일이었다. 그리고, 아주 우연한 기회로 안영시-알리샤가 죽었다는 소식을 들은, 진짜로 알리샤와 가깝게 지낸 고등학교 시절 친구 Lela challet는 공교롭게도 그와 그녀가 대관람차에 올라가 있던 그 시간쯤에 안영시-알리샤의 이모네 집으로 전화를 건 것이었다. 그렇게, 안영시-알리샤의 이모는 무언가 잘못되었다는 걸 깨달았다. 안영시-알리샤의 이모는 자신의 언니에게 전화를 해서 그 사실을 알렸고, 안영시-알리샤의 죽음에 대한 애도가 완전히 종료되었다고 생각한 그 시점에 와서야 안영시-알리샤의 어머니는 비로소 '원본'과 타이핑된 종이를 찾아 비교해보게 된 것이다.

전화 통화를 하는 동안 그는 간간이 그녀, Lee Charlotte, 아니 Charlotte Lee를 바라보았다. 그녀는 네 번째 담배를 피울까 말까 고민하고 있는지 담배 한 대를 꺼냈다가 넣었다가, 또 꺼냈다가 도로 넣는 걸 반복하고 있었다.

"혹시 Charlotte Lee를 만나면 연락 줄 수 있어요? 유품을 되돌려 받아야 해요. 멀리서 찾아온 사람에게 그런 말을 해야 한다는 게 너무 미안하고 내키지 않지만, 그래도 유품은 진짜 주인에게 가야 하는 거잖아요. 아니, Lela의 말에 따르면 리양은 우리 알리샤와 친하지도 않았다고 하던데, 어떻게 자기에게 편지가 잘못 전달되었다는 생각도 못 한 건지, 이해가 안 돼요."

그는 안영시-알리샤의 이모의 그 말이 부당하다고 느꼈지만, 그냥 듣고만 있었다. 안영시-알리샤의 이모는 그 유품의 진짜 주인이 너무 낙담하고 슬퍼하고 있다는 말도 했다.

"오랫동안 알리샤와 연락이 끊어져 있었는데 이런 소식을 듣게 되어서 너무 마음이 아프다고, 유품을 꼭 간직하고 싶다고, 알리샤의 죽음을 애도하고 싶다고 말했어요."

그는 그 이야기를 들으며, 어쩌면 이 일로 자신이 처한 상황이 간단하게 정리될 수도 있겠다고, 이제까지 한 실수들을 만회할 수도 있겠단 생각을 했다. 몇 가지 경우의 수를 따지고, 이런저런

술수를 쓰면 중간에서 자신이 조니 워커 화이트 라벨을 가로챌 수도 있을 것 같았다. 아니, 솔직히 인정하자면, 이렇게까지 딱 맞아떨어질 수 없을 정도였다. 그는 물론 그런 걸 믿지 않았지만, (어떤 유명한 소설의 제목을 빌려) "저 하늘의 누군가가 그를 좋아해"서 그가 조니 워커 화이트 라벨을 가지고 서울로 돌아갈 수 있도록 끊임없이 돕는 것 같다는 인상마저 받았다. 그는 안영시-알리샤의 이모에게 질문했다.

"그녀가 머문다는 호텔에는 연락을 해보셨어요?"

"해봤어요. 하지만 몇 호실에 머무는지는 알려줄 수 없다고 해서, 어째야 할지 모르겠어요. 그 호텔 로비에 가서 무작정 기다려보기라도 해야 하는 건지."

안영시-알리샤의 이모는 이 말을 계속 반복했다.

"Lela는 알리샤를 너무 그리워하고 있어요. 유품을 꼭 받고 싶대요. 그리고 편지도. 너무 슬퍼하고 있어서 내가 어떻게 해야 할지도 모르겠어요."

그는 안영시-알리샤 이모의 말을 들으며 그녀 쪽을 한 번 더 바라보았다. 그녀는 직원을 불러 와인을 한 잔 더 주문하고 있는 중이었다. 그는 일단 전화를 끊어야 한다고 생각했다.

"마담, 저도 알아볼게요. 너무 걱정 마세요."

안영시-알리샤의 이모는 이제 거의 울먹이고 있는 것 같았다.

"당신에게 연락을 하는 게 맞는 건지 아닌 건지 망설였지만, 지푸라기라도 잡고 싶었거든요. 이렇게 친절하게 대해주다니 너무 고마워요. 우리 알리샤도 굉장히 고마워할 거예요. 늙으면 이렇게 되나 봐요. 말도 안 되는 실수를 해버렸네요. 당신에게도 너무 미안해요. 어떻게 보면 우리가 당신 혈육의 죽음을 잘못 처리한 거잖아요."

그는 아니라고, 자신에게 미안해할 필요가 없다고—진심이었다— 말하고는 전화를 끊었다. 정신을 똑바로 차려야 해. 이제껏 계속 실수만 했으니까, 이제 마지막 기회야. 그는 그녀에게 다가가는 동안 그렇게 생각하며 마음을 다잡았다.

"무슨 안 좋은 일이 있어요?"

그녀가 손에 들고 있던 담배를 담뱃갑에 다시
집어넣더니 물었다. 안영시-알리샤에 대한 이야
기를 꺼낼, 가장 자연스러운 기회였다. 아, 사실
은 나는 어릴 적에 입양된 동생을 찾으러 왔거든
요. 어렵게 어렵게 찾아서 여기까지 왔는데 글쎄,
불과 3주 전에 암으로 죽었다고 하더군요…….
그 애의 유품을 누군가 잘못 가져갔다는 거예
요……. 지금 진짜 유품의 주인이 찾아왔고 무척
낙담하고 있다고…… 글쎄…… 지금 저의 기분
은 말할 수 없을 정도로…… 그 유품의…… 행방
을……. 그는 문장들을 머릿속으로 정리한 후, 그
녀를 바라보며 입을 열었다.

"아니요. 별일 아니에요. 아무 일도 없어요."

그녀가 이상하다는 듯이 그를 바라보았다. 그
는 웃으며 다시 한 번 더 말했다.

"정말 아무 일도 없어요."

그녀는 고개를 끄덕였다. 그리고 갑자기 어떤
사실이 갑자기 떠오르기라도 한 것처럼 입을 열
었다.

"제 친구는 암에 걸려 얼마 전에 죽었대요. 고

등학교를 졸업하고 한 번도 만나본 적이 없어요.
저는 대학교를 졸업하고 한 번도 프랑스에 발을
들인 적이 없거든요."

그 말을 들은 그는 자신의 표정에서 어떤 감정
들이 떠오를까봐 걱정이 되어서 그냥 고개를 숙였
다. 그리고 그녀가 말한 것에 그렇게 큰 관심이 없
다는 태도로 물을 한 잔 마신 후 그녀에게 물었다.

"왜요?"

"잘 모르겠어요. 그냥 그런 식으로 흘러 다닌
거예요. 파리에서 대학을 다녔는데, 파리를 떠날
땐 너무 슬펐어요. 파리를 떠나서 뉴욕에서 살기
시작했는데 한동안은 내가 향수병에 걸린 줄 알
았어요. 웃기잖아요. 나는 프랑스 사람도 아니고,
프랑스에서 태어나지도 않고, 심지어 파리에서는
고작 4년 좀 넘게 살았을 뿐인데 파리가 그리워
서 향수병에 걸리다니. 그래도 첫 직장에 프랑스
애들이 몇 명 있어서 걔네들이랑 항상 프랑스어
로 이야기하곤 했어요. 지금도 가끔씩 그 애들을
만나서 프랑스어로 떠들곤 하죠."

"지금도 파리가 그리워요?"

"모르겠어요. 그건."

"리옹에 온 김에 파리도 들러요."

그는 별생각 없이 던진 말이었는데 그녀는 아주 오랫동안 생각에 잠겨 있다가 대답했다.

"이제는 별로 가고 싶지 않아요."

그녀가 씁쓸하다는 듯한 표정으로 고개를 가로저었다.

"한국엔 돌아가고 싶다고 생각한 적 없어요?"

"아니요, 전혀요. 한국엔 돌아가고 싶다고 생각한 적 없어요. 한국어도 써본 적이 별로 없어요. 이렇게 한국말을 많이 한 게 얼마 만인지 모르겠어요. 사실…… 저는…… 그 죽은 친구의 유품을 받으러 여기로 온 거예요."

그녀가 그렇게 갑자기 허심탄회하게 털어놓으니까 도리어 그는 너무 당황스러운 기분마저 들었다. 그는 주저하다가 질문했다.

"받았나요?"

"네, 술 한 병이었어요. 그리고 편지, 그뿐이었어요."

이렇게 말한 그녀는 못 참겠다는 듯이 결국 담

배 한 대를 입에 물고 불을 붙였다. 담배 연기를 길게 내뿜고 와인을 한 모금 더 마신 그녀의 볼은 술기운 때문인지 약간 불콰해져 있었다.

"그렇지만, 누군가 죽기 전에 나를 기억해냈다는 게 고마웠어요. 나는 지금 당장 죽는다 해도 유품을 주고 싶은 그런 사람이 떠오르지가 않거든요. 나 때문에 슬퍼할 사람도 없을 거 같고."

"당신 개가 들으면 슬퍼하겠어요."

"아, 맞아요, 우리 개."

그녀는 고개를 숙였다. 그는 전날 푸에르비에르 언덕에서 리옹 시내를 내려다보다가 고개를 숙이던 그녀의 뒷모습을 떠올렸다. 이윽고 그녀가 고개를 들었다. 그는 그녀가 자신에게 무언가 하고 싶은 말이 있다는 걸 알아차렸다.

"왜 큰 개들은 다 슬퍼 보이는 걸까요?"

그리고 이 말이 진짜로 그녀가 그 순간 그에게 건네고 싶은 말은 아니었을 거라고도 짐작할 수 있었다.

"아니, 그렇지도 않을 거예요. 내가 잘못된 생각을 하는 걸 거예요. 내가 직접 본 큰 개는 우리 개밖에 없으니까, 이 세상에는 슬퍼 보이지 않는 큰 개도 있는 거겠죠. 그렇죠?"

그는 개에 대해 전혀 몰랐고, 그래서 뭐라고 대답을 해야 할지 알 수가 없었다. 그녀는 와인 잔에 남은 와인을 한입에 모두 털어넣었다. 그러고는 직원을 불렀다. 그는 그녀가 와인을 한 잔 더 주문하리라고 여겼고 동시에 그녀가 짧은 시간에 와인을 너무 많이 마시는 게 아닌가 하는 걱정이 들었다.

하지만 그녀는 와인을 주문하려고 직원을 부른 게 아니었다. 그녀는 자신이 마신 와인값을 계산하려고 직원을 부른 거였다.

"돌아가려고요?"

당황한 그의 말에 그녀는 왜 그렇게 당연한 걸 묻느냐는 듯이 대답했다.

"가야죠."

그는 혹시라도 안영시-알리샤의 이모가 호텔 로비에서 기다리고 있을지도 모른다고, 그래서 그녀와 마주치게 될지도 모른다는 생각이 떠올랐다.

"묵고 있는 곳으로 돌아간다고요?"

"아니요."

"그럼 어디로요?"

그녀는 망설이다가 대답했다.

"파리로요."

그는 그녀가 취한 게 분명하다고 생각했다.

"뭐라고요?"

"마지막으로 가보고 싶어요. 당신이랑 이야기를 나누면서 생각을 해봤는데, 그러지 못할 이유가 없는 것 같아요. 만약에 내가 잃어버린 게 있다면 찾아볼래요. 그걸 해보고 싶어요."

그는 그녀가 무슨 말을 하는 건지, 왜 그런 말을 하는 건지 전혀 이해할 수가 없었다. 잃어버린 걸 찾겠다고? 삶은 그런 식으로 이루어지는 게 아니었다. 우리는 아무것도 잃어버리지 않아. 그냥 처음부터 가지고 있지 못했을 뿐이야. 주어지지 않은 거지. 세상에, 그는 그 순간 자신이 다름아닌 바로 운명에 대해 생각했다는 걸 깨달았고 소스라치게 놀랐다. 그러고 나니까, 그의 머릿속에 그녀의 호텔 객실에 남아 있을 화이트 라벨이 떠올랐다.

"당신 짐은요? 충동적으로 생각하지 말아요. 당신은 취해서 그러는 거예요."

그의 말에 그녀는 갑자기 의기양양한 표정이 되어서 말했다.

"맞아요. 난 지금 취해서 그러는 거예요. 난 지금 당장 리옹역으로 가서 파리행 기차표를 살 거예요."

그는 어떻게 해야 하는지 갈피를 잡을 수가 없었다. 가방을 어깨에 멘 후, 자리에서 일어난 그녀는 그에게 가볍게 목례를 하고는 그냥 뒤돌아 걷기 시작했다. 리옹 시내를 걸을 때, 푸에르비에르 언덕에 올라갈 때, 다리를 건널 때, 한 번도 뒤를 돌아보지 않았던 것처럼, 그녀는 이번에도 뒤를 돌아보지 않았다. 알코올 기운이 약간 느껴지긴 했지만, 그녀는 여전히 걷는 기계 같았다. 그는 석양이 지기 시작한 리옹 거리를 씩씩하게 걷는 그녀의 뒷모습을 한동안 바라보았다. 이제, 끝이야. 조니 워커 화이트 라벨을 그의 손에 들어가게 해주려고 안간힘을 쓰던 저 하늘의 누군가는 이제 완전히 그에게서 손을 털어버린 모양이었다. 이제 진짜 나는 그냥 서울로 돌아가면 돼. 모든 게 제자리로 돌아갈 거야. 그 남자에게는 당장 메일을 써야 해. 선수금은 돌려주면 되고. 내 명성에 해가 되지 않을 거야. 괜찮아, 오늘 돌아가기만 하면 돼. 돌아가서 다시 누군가를 미행하고 일급 변호사들이 원하는 정보를 알아내서 그들에게 갖다주는 일을 시작하면 돼. 그러고 나는 한 걸음 물러서서 그 모든 추잡한 싸움을 구경만 하면 돼. 그는 그녀가 흘리고 간 담뱃갑을 가만히 바라보았다. 잠시 후 그는 주머니에서 지폐를 꺼내 테이블 위에 올려놓은 다음, 그녀의 담뱃갑을 손에 쥔 채, 그녀가 사라진 쪽으로 갔다. 그는 처음에는 걸었고 잠시 후에는 뛰기 시작했다.

## 8. 리 - 프레시

차창 밖은 이미 어두워져 있었다. 기차에 탑승하자마자 그녀는 에코백을 품에 안은 채, 잠이 들어버렸다. 그들은 나란히 통로를 사이에 두고 앉아 있었다. 그녀는 창가 자리가 아니라서 약간 실망한 것 같았지만, 결국 잠이 들어버렸으니까 그게 그거인 셈이라고 그는 생각했다. 그녀는 그가 리옹 기차역으로 자신을 쫓아온 걸 알고 있었지만, 별말을 하지 않았다. 그들은 역 안에 있는 카페테리아에 마주 보고 앉아서 함께 샌드위치를 먹을 때도 아무런 대화를 나누지 않았다. 가끔 그녀는 그에게 무언가를 말하고 싶어 하는 것처럼 보이긴 했지만, 결국은 아무 말도 하지 않았다. 그는 그녀가 아무 말도 하고 싶지 않다면 그냥 내버려두고 싶었다. 그녀가 그를 내버려두는 것처럼. 그뿐이었다. 하지만 기차에 올라서 잠든 그녀를 바라보니까 자신이 대체 무얼 하려는 건지 알 수가 없어졌고 마음이 복잡해졌다. 그는 주머니에서 휴대전화를 꺼냈다. 안영시-알리샤 이모에게 한 통, 서울에서 다섯 통, 그리고 그 남자에게서 두 통의 전화가 와 있었다. 그렇지만 그는 그걸 모두 무시하기로 마음먹고 휴대전화의 전원을 꺼버렸다. 그리고 눈을 감았다. 잠이 오진 않았고 그의 귀로 기차의 규칙적인 진동 소리가 들려오기 시작했다. 한번 인식하자, 그는 그 소음 속에서 빠져나갈 수가 없어졌다. 마치 모두가 잠든 밤, 시계의 초침 소리를 한번 듣기 시작하면 거기에서 빠져나갈 수 없는 것처럼. 온갖 잔상들이 그를 괴롭혔다. 사다리, 얼굴이 보이지 않는 남자, 카레, 심지어는 아침에 나올 때 벨트를 부탁한 컨시어지까지 나와서 왜 벨트를 가지러 오지 않느냐고, 그걸 사느라고 얼마나 힘들었는지 아느냐며 비참한 표정으로 그에게 말을 걸었다.

그는 눈을 뜨고 차창에 비친 자신의 모습을 바라보며, 자신이 며칠 동안 똑같은 옷을 입고 있다는 것과 언젠가부터 수염을 깎지 않았다는 것을 깨달았다. 세상에, 어떻게 그럴 수가 있었지? 그는 자신의 주름살이 더 깊어졌는지 궁금했다. 한번 생긴 주름살은 사라지지 않을 테니까. 사라지지 않는다……. 문득 포시즌스에서 봤던 그 남자의 매끈한 손이 떠올랐다. 그는 그 손을 보고 이상한 기분에 사로잡혔었다. 마치 징그러운 무언가를 본 것처럼……. 그는 고개를 숙여 자신의 구두를 바라보았다. 그의 로퍼에는 흙먼지가 잔뜩 묻어 있었다. 그는 이 신발을 신고 리옹 여기저기를 돌아다녔었다. 이리저리 얽히고설킨 리옹의 좁은 뒷골목과 길고 높은 언덕, 구시가지와 신시가지를 이어주는 다리 위도. 그는 리옹으로 오기 위해 짐을 싸던 그 순간을 떠올렸다. 그래, 그때 나는 여분의 신발을 가지고 오지 않았어. 리옹으로 올 때 신발을 더 챙겨 오지 않은 게 모든 일의 발단이 되었는지도 모른다는 생각이 들었다.

거기서부터 무언가가 잘못된 건지도 몰라. 하지만 그건 너무 말도 안 되는 생각이었다. 그는 문득 기차의 진동이 점차 약해진다는 느낌을 받았다. 착각일까? 아니었다. 기차의 진동은 서서히 약해지다가 거짓말처럼 기차가 멈추었다. 그는 창밖을 바라보았다. 승객들은 어리둥절한 표정으로 주위를 두리번거렸다. 잠시 후에 안내 방송이 나왔다. 기장이 갑자기 복통을 일으켰고, 현재는 의료진의 도움을 받고 있으니 잠시만 기다려달라는 것이었다. 안내 방송이 끝나고 1분쯤 지났을 때, 잠에서 깬 그녀가 어리둥절한 표정으로 주위를 둘러보았다. 처음에는 어리벙벙한 표정을 지었고, 기차가 멈춘 걸 알아챈 후에는 완전히 겁에 질린 표정이 되었다. 그는 별일이 아니라고, 기장이 아파서 기차가 멈추었고, 곧 다시 운행이 시작될 거라고 말해주었다. 갑자기 그녀의 두 눈가가 붉어지더니 눈물이 고였다. 눈물이 흐르기 전에 눈물을 쓱 닦으며 그녀가 말했다.

"나는…… 테러가 일어난 줄 알았어요."

그는 그녀가 나쁜 꿈을 꾼 모양이라고 생각했

다. 그녀는 화장실에 다녀왔고, 잠시 후에 또다시 안내 방송이 흘러나왔다. 아무래도 기장의 상태가 위급한 것 같아서 구급차를 불렀고 리옹에서 새로운 기장을 보냈으니 그이가 올 때까지 기다려야 한다는 내용이었다. "원래 도착 시간보다 두 시간 정도 지연이 될 것 같습니다. 승객 여러분에게 진심으로 사죄의 말씀을 드립니다." 그 방송이 끝나자마자 그녀가 갑자기 에코백을 들고 객실 통로 쪽으로 걷기 시작했다. 그는 그녀를 바라보고만 있었는데, 걸으면서 한 번도 뒤돌아본 적이 없는 그녀가 갑자기 통로 문 앞에서 뒤를 돌아보더니 그에게 따라오라는 손짓을 했다. 그는 그녀를 따라갔고, 그들은 함께 기차 밖으로 나갔다. 이미 기차 밖에는 잠깐 나와서 휴식을 취하는 사람들이 몇 명 있었다. 그 사람들은 어둠 속에서 맨손 체조를 하거나 스트레칭을 하고 있었다. 노래를 부르거나 아, 아, 하고 마이크 테스트를 하는 것처럼 큰 소리를 내는 사람들도 있었다. 그는 그 사람들이 소풍을 온 것 같다고 느꼈고, 곧바로 그게 참 이상한 생각이라는 사실을 깨달았다. 그와 그녀는 그 사람들에게서 조금 떨어진 곳으로 가서 바닥에 엉덩이를 붙이고 앉았다. 기차가 선 곳은 완전히 허허벌판이었다. 잘 보이진 않지만, 조금 떨어진 곳부터는 사방이 밀밭이었다. 어디선가 귀뚜라미가 우는 소리가 들렸다. 약간 차가운 바람이 그들 사이를 지나갔고, 어둠 속에서 그녀의 얼굴이 점점 뚜렷하게 보이기 시작했다. 그는 코끝이 여전히 빨간 그녀를 바라보며 아까 눈물을 슥 닦던 그녀의 손등을 떠올렸다.

"기장에게 별일 없겠죠? 그러니까……."

그는 그녀가 그다음 단어를 말하기 전에 재빨리 말했다.

"괜찮을 거예요."

그녀는 고개를 끄덕이다가 말했다.

"저거 보여요?"

"뭐요?"

그녀가 손으로 지평선을 가리켰다.

"저거."

불빛. 저 넓은 밀밭 너머로, 불빛이 딱 하나 보였다. 그건 너무 멀리 있었다. 너무너무 멀리. 그래서 그에게는 그게 너무 희미하게 보였다.

"저기에도 사람이 살겠죠? 저기에 사는 사람에게도 기차가 멈춘 게 보일까요?"

"글쎄요. 너무 멀어서 안 보일 거 같은데요."

"보였으면 좋겠어요."

그녀는 에코백에서 담배를 꺼내서 물고 그에게 물었다.

"피워볼래요?"

그는 잠시 망설이다가 고개를 끄덕였다. 그녀는 자신의 담배에 불을 붙이고 담배 연기를 한 번 내뱉은 후에 그에게 건네준 담배에도 불을 붙여주었다. 요령이 없어서인지 불이 잘 붙지 않았다.

"힘껏 빨아들여요."

그의 담배에 불이 붙음과 동시에 그의 목에서 기침이 터져 나왔다. 얼마나 콜록댔는지 그의 눈에는 눈물이 맺힐 지경이었다. 그는 담배를 그녀에게 돌려주었다. 그녀는 그에게서 받은 담배와 자신이 피우던 담배를 차례로 비벼 꺼버렸다.

"미안해요."

"왜요. 당신은 피워도 되는데."

그가 여전히 잔기침을 하며 말했다.

"아니에요. 안 피울래요."

그의 기침이 좀 잦아들자, 그녀가 말했다.

"예전에, 밤에 집에 돌아오는 길에 어떤 노숙자 할머니가 내게 이렇게 말한 적이 있어요. '넌 폐암에 걸려 고통받으며 쓸쓸하게 혼자 죽어갈 거다.' 그때 나는 너무 충격을 받았어요. 그리고 두려움을 느꼈죠. 난 그 할머니가 내게 오물을 던진 거나 마찬가지라고 생각했거든요."

그는 진심으로 그 할머니를 탓하듯이 말했다.

"세상에, 어떻게 그런 말을 할 수가 있어요."

"그런데, 리옹에 와서 자주 그 할머니 생각이 났어요. 뭐랄까, 고맙다고나 할까."

"고맙다고요?"

그녀는 시선을 저 멀리에 있는 불빛에 고정한 채 말을 이었다.

"네, 사실 그 할머니가 내게 한 말에는 두려워할 만한 건더기는 하나도 없고, 오물 같은 것도 아니고, 오히려 순결무구하다는 생각을 했어요. 잘 설명할 수가 없는데, 그냥 그런 생각이 줄곧 들었어요. 죽은 친구의 유품을 받아 온 후부터 말이에요. 내가 만약 고맙다는 말을 해야 하는 상대가 있다면 바로 그 할머니가 아닌가 하고요. 나는 잘못된 상대에게 고맙다고 말한 게 아닌가, 하고요."

대체 그녀는 어떤 잘못된 상대에게 고맙다는 말을 했던 걸까? 그는 그녀가 하는 말을 이해할 수 없었지만, 어쨌든 한 가지만은 확실하다고 생각했다. 그러니까 화이트 라벨의 주인이 자신이 아니라는 걸 그녀가 알지 못한다는 게 천만다행이라고. 그녀는 가방에서 담배를 꺼내 하나 물고 불을 붙인 다음 삐져나온 머리카락을 귀 뒤로 넘기면서 말했다.

"당신에게도 고맙다고 말하고 싶어요."

그는 그녀가 "넌 폐암에 걸려 고통받으며 쓸쓸하게 혼자 죽어갈 거다."라고 말한 할머니에게 고마워하고 있다는 사실을 떠올리고는, 그녀 말의 진짜 의미는 다른 데 있는지도 모른다고 생각했다.

"아니에요, 아니, 전혀 그렇지 않아요."

"아니에요. 정말로 고마워하고 있어요."

그는 뭐라고 대답해야 할지 모르겠다고 느꼈다.

"답례로 질문할 기회를 드릴게요. 그쪽이 질문을 하면, 내가 무조건 대답을 할게요."

그녀가 그의 얼굴을 바라보며 재미있어 죽겠다는 표정을 지었다. 이상했다. 갑자기 그런 식으로 나오니까 뭘 물어야 할지 잘 모르겠다는 생각이 들었다. 머릿속이 뒤죽박죽이 되어버렸다. 그녀가 빨리 질문을 하라고 재촉했고, 결국 그는 그녀에게 이렇게 물었다.

"친구의 유품에 같이 들어 있다고 한 편지 말이에요. 거기에 뭐라고 적혀 있었어요?"

그녀는 전혀 예상하지 못했다는 말투로 대꾸했다.

"내 이름이나, 우리 개의 이름, 뭐 그런 걸 물어볼 줄 알았는데."

그도 왜 자신이 그런 질문을 했는지 알 수 없었다. 사실 그 편지에 쓰인 내용 같은 건 한 번도 궁금해한 적이 없었다. 아니, 궁금해한 적이 있긴 했지만 그건 편지의 주인이 그녀라고 생각했을 때, 순전히 '조사'의 측면에서 그런 것이었고 지금 에 와서 그 편지 내용을 알아봤자 아무런 소용도 없는 거였다. 그녀는 별말도 없이 순순히 에코백 에서 편지를 꺼내 그에게 건네주었다. 그는 슬쩍 그녀의 에코백 안을 들여다보았다. 쓰다 만 휴지 와 뚜껑을 닫지 않은 펜이 굴러다니고 있는 게 보 였다. 편지 봉투는 아무렇게나 구겨져 있었고, 봉 투에는 볼펜 자국이 있었다. 그는 편지가 당연히 조니 워커 화이트 라벨과 함께 그녀가 묵고 있던 숙소에 보관되어 있을 줄 알았기 때문에 조금 놀 랐다.

"편지를 가지고 있었어요?"

"술을 꺼내두면서 편지도 같이 꺼내뒀어야 했 는데 깜빡했지 뭐예요. 저도 몰랐어요. 제 가방에 는 온갖 잡동사니들이 들어 있거든요. 아까 카페 에서 담배를 꺼내다가 이걸 계속 가지고 다녔다 는 걸 알게 되었어요."

그는 편지 봉투에서 편지를 꺼냈다. 접혀 있는 종이를 펴기 전에, 문득 그의 머릿속에 안영시-

알리샤의 양어머니와 이모가 떠올랐다. 그리고 비록 얼굴은 알지 못하지만, 이 편지의 진짜 주인 이라는 그 여자도 떠올려보았다. 어쩐지 이 편지 의 진짜 주인은 두 손으로 얼굴을 감싼 채 절망하 고 있을 것만 같았다. 아니면 그들은 어쩌면 신시 가지의 부티크 호텔 로비의 그 빨간 비로드 소파 에 앉아서 초조한 마음으로 그녀를 기다리고 있 는 중인지도 몰랐다. 그는 그녀의 얼굴을 한번 바 라보고, 심호흡을 한 후에 편지를 펼쳤다. 편지를 본 그는 당황했다. 예상보다 편지의 내용이 너무 짧았기 때문이었다. 아니, 짧다는 말로도 부족했 다. 그저, 한 문장이었다. 너무 어두워서 그는 글 자를 알아볼 수가 없었다. 그는 기차 내부의 불빛 이 비치도록 편지를 좀 더 높이 들었다. 거기엔 이렇게 적혀 있었다.

"Va te faire foutre."

그는 잘못 읽었다고 생각하고, 다시 한 번 읽어 보았다. 여전히 이렇게 적혀 있었다.

"Va te faire foutre."

그녀는 어깨를 한번 으쓱하며 그를 바라보고,

다시 저 멀리 떨어진 불빛을 응시했다.

"이게 무슨 의미죠?"

"해석할 줄 알잖아요."

"그러니까……."

"엿 먹어라."

자신의 고등학교 시절 친구에게 유품과 편지를 남기면서 엿 먹어라, 라고 적었다니. 그는 도저히 이해를 할 수가 없었다. 문득 노면 열차 안에서 그녀가 이 편지를 읽고 지었던 표정이 떠올랐다. 그 순간 그는 그녀에게 사실을 말해주고 싶었다. 이건 Lela challet에게 보내는 메시지이지, Charlotte Lee에게 보내는 메시지가 아니라고. 그러니까 슬퍼하거나 섭섭해할 필요가 없다고.

그녀가 말했다.

"내가 섭섭해하거나 슬퍼할 거라고 생각하고 있는 거죠? 아니요. 전혀 아니에요. 정말 눈곱만큼도 그런 감정은 안 들어요. 물론 처음에 그 글자를 본 순간엔 이걸 쓴 알리샤의 마음이 도저히 이해가 안 갔어요. 대체 무슨 마음으로 이런 걸 써서 내게 건네준 걸까? 그런데 시간이 아주 조금 흐르니까, 너무 잘 알겠는 거예요. 그 마음을, 나는."

그는 그녀에게 무언가 더 묻고, 확인해보고 싶었지만, 그러지 않기로 했다. 그녀는 그를 한번 바라보았다. 그녀는 리옹역에서 기차를 기다리는 동안 그랬던 것처럼 무언가 할 말이 있는 것처럼 굴었지만, 결국은 아무 말도 하지 않았고, 그는 역시 리옹역에서 그랬던 것처럼 그저 그녀가 말을 할 때까지 내버려두기로 했다. 그러니까, 그녀가 그를 그냥 내버려두는 것처럼 말이다.

"이제 들어가요."

그들은 객실 안으로 들어갔다. 잠시 후 기차가 다시 출발했다. 승객들에게 사과를 전하는 내용과 기장은 신속하게 병원으로 옮겨졌으니 걱정하지 말라는 내용의 안내 방송이 나왔다. 그녀는 다시 자신의 에코백을 끌어안고 잠에 들었고, 그는 다시 규칙적인 기차의 진동 소리에 빠져들었다. 그는 리즈 도로시 워커를 떠올렸다. 그녀는 왜 죽기 직전에 자신의 삶을 그런 식으로 부정해야만 했을까? 그는 리즈 도로시 워커가 80년 넘게 자신이 가지고 있던 눈을 다른 누구의 것으로 갈아 끼운 거나 마찬가지라는 생각이 들었다. 하지만 어쩌면 완전히 그 반대인지도 몰랐다. 그녀는 80년 동안 다른 사람의 눈으로 이 세상을 바라보았고 죽음을 앞둔 시점에서 진짜 자신의 눈을 찾은 것이라고. 하지만 정말 그럴까? 진짜 '시선'은 어디에 있는 걸까? 그건 누구의 눈알일까? 위장, 그는 그런 단어를 떠올렸다. 누군가가 어떤 관계를 '위장'하고 싶어 한다면, 이를테면—그는 어떤 관계를 예로 들지 오랫동안 고민했다— 어떤 부모가 남들 앞에서 좋은 부모인 척한다면 그들이 진짜로 숨기고 싶어 하는 건 누구의 모습일까? 그는 그게 부모 자신을 위장하는 거라고 생각했지만, 사실은 그 반대인지도 몰랐다. 진짜 오점은 자식이 가지고 있는 것이었고, 부모가 숨기고 싶은 건 자식이 오점을 가지고 있다는 사실, 그 자체가 아니었을까? 그럼으로써 자식을 보호한다는 그런 생각. 하지만 누구로부터 자식을 보호한단 말인가?

　그는 자신의 구두를 다시 내려다보았다. 그리

고 며칠째 입고 있는 재킷과 셔츠와 바지를 바라
보았다. 그리고, 자신의 사무실도. 불과 며칠 전까
지 머물던 곳이지만, 그 순간 그에게는 마치 다른
은하계의 공간처럼 느껴졌다. 그가 감언이설로
꼬드겼기 때문에, 정보를 빼 왔기 때문에, 속임수
를 썼기 때문에 불행해진 사람들이 있었다. 하지
만 그는 자신의 인생을 부정하고 싶은 마음이 없
었다. 그는 그저 열심히, 그리고 성실하게 살아왔
을 뿐이었다. 그는 그녀가 한 말을 차근차근 떠올
려보았다. 그 모든 말들을 복기한 후에 그는 결
국 이 문장에 머물렀다. "테러가 일어난 줄 알았
어요." 그는 리옹으로 오기 전날 아침에 봤던 뉴
스를 떠올렸다. 그 사진, 안전모를 쓰고 삽을 들
고 있던 그 남자와 폐허가 된 건물들. 그건 그와
는 완전히 다른 세계에서 일어나는 일이었다. 그
는 자신에게는 절대로 그런 일이 일어나지 않으
리라고 생각했었다. 그는 자신은 암도 걸리지 않
을 거고, 특별한 불행이나 고통에 노출당하지도
않을 거라고, 그래서 그는 범죄를 다룬 다큐멘터
리를, 테러를 다루는 영화를, 사고로 손이나 발이

잘린 사람들에 대한 이야기를 접할 수도 있지만, 그것 때문에 걱정하거나 괴로워하지 않으리라고 생각했었다. 그건 어디까지나 타인의 일이었으니까. 아무에게나 일어나는 일이 아니야. 토요일 밤의 탐사보도 프로그램 같은 거지. 그는 그녀가 한 말을 곱씹어보았다. 테러가 일어난 줄 알았어요. 그는 자신이 여행에서 돌아오는 비행기 안에서 누군가에게 말을 거는 행위, 자신의 목소리를 자신이 **직접** 듣는 행위의 의미를 알고 있었다. 그것은 그 자신을 순식간에 낯선 어떤 존재로 만들어버리고, 그리고 동시에 낯선 존재로서의 자기 자신을 잃어버리려는 시도였다. 그는 언제나 리-프레시에 대해 그렇게 생각했었다. 병 속의 물이 점점 차올라서, '포화 상태'에 다다르기 전에 병을 비워버리는 거라고. 하지만 그는 자신이 이제껏 무언가를 완전히 잘못 이해하고 있었음을 깨달았다. 그건 텅 비어 있는 병 속에 무언가가 점점 차오르는 그런 것과는 달랐다. 병 속이 비워져 있는 순간은 단 한 번도 없었다. 그건 언제나 물로 가득 차 있었다. 문제는 병 속의 물이 언제나 균형을 맞출 수 있느냐는 거였다. 넘치지도 않고 모자라지도 않은 딱 그 상태를 유지할 수 있느냐 없느냐였다. 그러니까, 그건 단 한 방울과 관련된 문제였다. 단 한 방울 때문에 너무 많은 게 달라질 수도 있었다.

자정이 지나서야 기차는 파리 리옹역에 도착할 수 있었다. 이미 영업이 끝난 역사는 불이 다 꺼져 있었고 파리 시내에는 옅은 부슬비가 내리고 있었다. 광장 구석구석 비를 피할 수 있는 곳에서는 노숙자들이 잠들어 있었다. 기차역에서 나온 사람들은 부슬비를 맞으며 짐을 끌고 서둘러 택시 승강장으로 갔다. 그와 그녀는 리옹역에서 기차를 기다리며 그랬던 것처럼 파리에 도착해 기차에서 내린 후에도 서로 아무런 말도 하지 않았다. 하지만 그는 그녀가 여전히 자신에게 무언가 하고 싶은 말이 있다는 걸 알 수 있었다. 그와 그녀는 어디로 가야 하는지도 모르면서 그저 사람들을 따라 택시 승강장으로 가서 줄을 섰다. 줄은 아주 길었고, 그래서 그는 자신에게 시간이 좀 있다고 생각했다. 하지만 무슨 시간이? 자신이 무엇

때문에 시간을 원하는지 알 수 없었지만 그는 그녀의 뒤에 서서 그녀의 뒷모습을 바라보고 있었다. 부슬비가 그녀의 머리카락을 아주 조금씩 적시고 있었다. 그때, 그녀가 갑자기 가방 안을 뒤지기 시작했다. 그리고 펜을 하나 꺼내고 그에게 물었다.

"종이 같은 거 없어요?"

그는 종이를 가지고 있지 않았다. 그녀는 계속 가방 안을 뒤지다가 "Va te faire foutre"라고 적힌 편지가 들어 있는 봉투를 꺼냈다. 그리고 거기에다가 무언가를 갈겨 적었다. 비에 젖은 그녀의 손 때문에 종이가 젖었고, 글씨가 번졌다. 그녀는 그걸 그에게 건네주었다. 그리고 다급한 목소리로 말했다.

"부탁이 있어요. 너무 무례하고 말도 안 되는 부탁이라는 걸 알아요. 그렇지만, 제발 거절하지 말아줘요."

그는 멍한 표정으로 그녀의 얼굴만 바라보았다. 비에 젖은 그녀의 머리카락이 그녀의 이마에 달라붙어 있었다.

"이게 맨해튼의 내 집 주소예요. 여기로 가서 우리 개를 좀 맡아주세요."

그녀는 가방에서 지갑을 꺼낸 후 거기에 든 지폐를 모두 다 그에게 건네고 집 열쇠도 꺼내서 그의 손에 억지로 쥐여주었다. 갑자기 그는 엄청난 두려움을 느꼈다. 그는 그녀의 손목을 붙잡고 거친 말투로 물었다.

"이봐요, 맡아달라는 건, 무슨 의미예요? 찾으러 오겠다는 말이죠?"

그녀는 그의 눈을 바라보았다. 그는 다시 한 번 물었다.

"찾으러 온다는 말이냐고요."

그제야 그녀는 고개를 끄덕였다. 그녀의 머리카락에 맺혀 있던 빗방울이 그녀의 얼굴을 타고 내렸다. 그는 비로소 그녀가 리옹의 그 식당에서 자신에게 말을 건 게, 그리고 대관람차를 함께 탄게, 카페에 앉아서 와인을 들이켠 게, 바로 개를 맡아달라는 부탁을 하기 위해서였을지도 모른다는 생각을 하게 되었다. 파리행 기차를 타겠다고 마음을 먹은 시점에는 그런 부탁을 하는 걸 포기

한 거겠지, 그런데 내가 그녀를 따라갔기 때문에, 그리고 여기까지 함께했기 때문에 결국 부탁을 할 용기를 낸 거야. 그는 그녀가 쇼윈도를 지나치게 자주 들여다보던 것도 기억해냈다. 그녀는 그가 자신을 따라다니고 있다는 걸 진작 눈치챈 건지도 몰랐다. 그는 그녀의 손에 지폐 다발을 다시 쥐여주었다.

"이건 필요 없어요."

그녀는 고개를 숙이고, 자신이 부끄러운 행동을 했다는 듯이 말했다.

"미안해요. 내가 정신 나간 소리를 했어요."

그는 고개를 흔들며 그녀에게 말했다.

"내가 그 개를 데리러 갈게요. 그리고 서울에 있는 내 집에서 잠시만 맡고 있을게요…… 이봐요, 꼭 개를 찾으러 와요. 알았죠?"

그녀가 여전히 시선을 아래로 둔 채 고개를 끄덕이며 말했다.

"고마워요."

그렇게 말한 후 그녀는 그의 팔을 잡고 다시 한 번 말했다.

"고마워요. 우리 개의 이름은……."

"아니, 알려주지 말아요. 나중에 개를 데리러 오면 그때 알려줘요. 알았죠?"

그는 절박한 심정이 되어서 그녀에게 다시 한 번 대답을 구했다. 그녀는 그를 올려다보며 고개를 한 번 끄덕였다. 그리고 두 번, 세 번 끄덕였다. 그는 잠시 생각에 잠겼다. 그는 어떻게든 그녀를 안심시키고 싶었고, 그래서 그 순간 머리에 떠오르는 말을 아무렇게나 해버렸다.

"부디, 파리에서 당신이 찾고 싶었던 걸 발견하게 되기를."

그녀가 깜짝 놀란 표정으로 그를 바라보았다.

"당신은…… 아마도……."

그녀는 이렇게 말한 후 그 뒤 문장을 뭐라고 해야 할지 몰라 고민에 빠진 것 같았다. 잠시 후, 드디어 그녀가 입을 열었다.

"당신은 아마도, 분실물 찾기의 대가가 될 거 같아요."

그가 웃었다. 웃을 수밖에 없었다. 그녀 역시 그를 안심시키려고 아무 말이나 했다는 걸 그는 알고 있었기 때문이었다.

"안녕."

그녀는 그렇게 말한 후, 그 줄에서 이탈했다. 그는 그녀를 붙잡을 수 없었다. 그래, 한 방울, 한 방울이 모든 걸 결정하는 거지. 그는 멀어져가는 그녀의 뒷모습─그녀는 보나마나 걷는 기계처럼 앞으로 뚜벅뚜벅 걸어갈 게 분명했으니까─을 보는 대신, 그녀의 주소가 적힌, 비에 젖어 너덜 너덜해진 편지 봉투를 보았다. 그런 후에 그 안의 편지를 꺼내서 다시 한 번 펴보았다. Va te faire foutre, 그는 종이를 접어서 재킷 주머니에 집어 넣고 고개를 들었다. 자신의 앞에 길게 줄을 서 있는 사람들과 비에 젖은 보도, 흐린 밤하늘의 구름 같은 게 그의 눈에 들어왔다. 여전히 그의 눈에는 불투명한 막이 하나 있는 것 같았다. 그 모든 풍경을 명징하고 명백하게 바라볼 수가 없었다. 아, 그렇구나, 그는 다시 한 번 더 하늘과 역 앞 광장, 그리고 자신의 앞뒤에 서 있는 사람들의 얼굴을 바라보았다. 아, 그렇구나, 나는 시력이 나빠진 거야, 하지만 언제부터? 그 사실을 인식하고 나니까, 비로소 그는 자신이 '잘 보이지 않는' 상태에 머무르고 있는 중이라는 걸 알 수 있었다. 그리고, 이상하게도 그는 걷잡을 수 없는 슬픔에 빠져들었다. 마치 정말로 중요한 무언가를 잃어버린 사람처럼. 마치 자신이 큰 개라도 된 것처럼.

자신들이 돌아가야 하는 곳에 대한 일말의 의심도 없이 택시를 기다리는 사람들의 줄이 점점 짧아지는 걸 보면서 그는 '기술적으로' 이 세상에 남은 '마지막' 조니 워커 화이트 라벨을 떠올려보았다. 리옹 신시가지의 부티크 호텔 객실에 덩그러니 남아 있을 술병을. 그녀는 그걸 어딘가 금고 같은 곳에 보관해두지는 않았을 거다. 냉장고에 넣어놓지도 않았을 거고. 그녀는 그걸 침대 옆 협탁이나 테이블 같은 데 아무렇게나 조심성 없이 올려놓았을 것이다. 어쩌면 술병은 그냥 방바닥을 구르고 있을지도 모른다. 그래서 방을 청소하러 들어온 청소부는 그 병의 상태—낡은 라벨, 아무렇게나 굴러다니고 있는—를 보고 쓰레기라고 생각해서 가지고 나올지도 모른다. 하지만 청소부는 자신이 잘못된 판단을 내린 게 아닐까 걱정을 하게 된다. 대체 누가 마개도 안 딴 술을 버린단 말인가? 청소부는 그걸 다시 객실에 갖다 놓아야겠다고 생각한다. 아직 청소할 방이 많이 남았고, 그걸 가지고 있다가 오히려 그냥 아무 생각 없이 버리게 될 걸 염려한 청소부는 병을 잠시 복도의 테이블 위에 올려놓기로 한다. 그날 마침, 화장실 세면대를 고치러 온 수리공은 복도를 지나치다가 그 술병을 발견한다. 수리공은 이미 기분이 약간 상한 상태였다. 왜냐하면 호텔 지배인이 세면대가 고장 난 게 수리공 책임이라도 된다는 투로 말을 했기 때문이다. 수리공은 호텔 지배인의 뻔뻔함 때문에 더 이상 견딜 수가 없다고 생각한다. 수리공은 호텔 지배인에게 복수하는 마음으로 그 술병을 가지고 와버린다. 수리공은 몇 년 전에 알코올중독 때문에 재활원 신세를 진 적이 있다. 그러므로 그 술을 마실 생각은 애초부터 없었다. 수리공은 술병을 그저 자신의 사무실, 책상 두 번째 서랍에 넣어두고 호텔 지배인 때문에 화가 날 때마다 들여다볼 계획이었다. 그날 밤에 집으로 돌아가던 길에 수리공은 웅덩이에 발이 빠져서 발목이 부러지고 깁스를 한다. 그래서 어쩔 수 없이 며칠 동안 집에서 꼼짝 없이 머무는 처지가 된다. 사무실에는 수리공에게 일을 배우면서 여러 가지 잡일을 하는 청년이 있었는데, 수리공이 다친 동안 그 청년이 여러 가지 일을 도맡아 한다. 청년은 아주 성실하고 근면하다. 일주일 후쯤, 청년은 거래처와의 서류를 찾으려고 사무실을 뒤지다가 책상 서랍에서 수리공이 넣어둔 조니 워커 화이트 라벨을 발견한다. 청년은 수리공이 알코올 문제 때문에 재활원에 다녀온 사실을 알고 있고, 수리공의 아내가 술 문제에 굉장히 민감하다는 걸 알고 있었기 때문에 수리공 몰래 수리공의 아내에게 전화를 걸어 이 사실을 알린다. 수리공의 아내는 화를 내며 그 술을 청년에게 당장 없애버리라고 한다. 언제나 근면하고 성실하며 윗사람의 말을 거역한 적이 없는 청년은 그 술을 자신이 가져가기로 한다. 술병이 든 작은 종이 가방을 들고 전철을 타고 가던 중, 청년은 몇 년 전에 헤어졌던 첫사랑을 우연히 만나게 된

164

다. 그들은 어색하게 이야기를 나누고 서로 헤어졌던 게 사실은 작은 오해에서 비롯되었다는 것, 그리고 서로 더 이야기를 나누고 싶어 한다는 사실을 깨닫는다. 술병에 대한 건 까맣게 잊어버린 채, 청년은 첫사랑과 전철에서 함께 내린다. 그다음 역에서 전철에 오른 일본인은 그 청년의 자리에서 술병을 발견한다. 일본인은 관광 중이었고, 일본에서라면 절대 그런 일―남이 잃어버린 물건을 그냥 슬쩍 가져가는―을 하지 않았겠지만, 혼자 여행을 떠나온 해외의 전철에서 발견한 술병은 그동안 억눌린 일본인의 어떤 부분을 건드린다. 그래서 일본인은 술병을 자신의 가방 안에 슬쩍 넣어버린다. 하지만 일본으로 돌아온 날 짐을 정리하던 일본인은 그 술병을 보고 견딜 수 없는 죄책감을 느낀다. 그리고 그걸 결국 자신이 알고 지낸 위스키 애호가인 영국인 친구에게 선물하기로 결정한다…… 그리고 그 영국인은…… 마시려고 했지만…… 공원 벤치에서 만난…… 그런 식으로 '실질적으로' 이 세계의 '마지막' 조니 워커 화이트 라벨은 죽지 않고 이 세계를 영원히 떠돌게 된다. 그리고, 아주 오랜 시간이 걸리더라도 언젠가는 안영시-알리샤의 어머니와 안영시-알리샤의 이모의 손도 거치게 될 것이다. 그리고 또 다시 시간이 흐른다면, 진짜 유품의 주인인 Lela challet의 품도 언젠가 한 번은 지나쳐 가리라.

# 사람들은 어떤 힘으로 살아가는가

김나영

## 우연과 이야기의 접점

우연의 신은 그리스 신화에서 티케Tyche, 로마 신화에서 포르투나Fortuna로 알려진 여신이다. 이는 행운의 여신, 또는 운명의 여신이라 알려져 있기도 하다. 하지만 인간의 수명을 관장하는 운명의 신은 따로 있으며, 티케가 관장하는 운명이란 '우연히' 찾아오는 행복이나 불행이다. 흥미로운 점이 바로 여기에 있다. 사람들은 그들이 믿는 개념을 의인화하는 과정에서 행운이나 불행으로 인해 급변하는 삶의 양상을 관장하는 자를 운명의 여신으로 불렀다. 티케에 의하면 운명은 한 인간이 태어나서 죽을 때까지 고정불변하는 것이 아니라 그 인생 전체를 두고 봤을 때는 찰나에 불과한 어떤 사건, 즉 우연히 일어나는 일들에 의해 계속해서 변화하는 것이다. 그런 점에서 '우연의 신'은 인간의 삶이 계속 행복하거나 반대로 계속 불행할 수 없다는 것을 증명하는 존재이기도 하다. 또한 이 우연의 신으로 인해 누구나가 겪는 행복이나 불행은 그것을 겪는 시점에서 제 인생 전체를 반추할 정도로 무겁게 느낄 일이 아니라고 여기게 된다. 어떤 행복이나 불행도 끝없이 지속되지는 않으리라는 것, 더불어 그것이 일어난 데에는 누군가 단독으로 행한 일만이 원인으로 작용하지 않는다는 것. 이 엄연한 삶의 진실들은 너무나 자주 잊히고 간혹 우연히 한 편의 소설에서 불현듯 다시 마주하게 된다.

손보미의 소설은 자주 '우연'을 다룬다. 그의 소설은 우연이 그저 개연성 없이 일어난 일에 붙는 간단한 수식일 수 없다는 것을 보여준다. 더욱이 손보미의 소설에서 다루는 우연은 그가 취하는 일종의 소설 작법과 어우러져 그 의미가 배가倍加된다. 손보미 소설의 가장 큰 특징이라 할 만한 그 작법은 사실적인 자료들을 일정 부분 소설의 뼈대로 삼아 독자로 하여금 이야기의 어떤 부분이 사실이고 허구인지를 분명히 하지 못하게하는 효과를 낸다. 대표적으로 손보미의 장편인 『디어 랄프 로렌』이 그러했듯이 『우연의 신』에서도 "조니 워커"라는 실재하는 위스키 브랜드가 이야기의 핵심적인 소재로 등장한다. 이 위스키의역사와 그에 얽힌 인물들의 구도 내지는 관계 역시 일정 부분 사실에 근거하고 있기 때문에 소설을 읽다 보면 이야기의 내용뿐만 아니라 어디부터 어디까지가 '소설'인가를 판별하는 것 역시 독자의 중요한 과제가 되어버린다. 이 과제가 '우연'이라는 주제와 만나면 문제는 더욱 복잡해진다. 현실이라는 큰 전제 안에서 소설(허구)과 소설아닌 것(사실)의 접점이야말로 우연의 한 양상처럼 읽을 수 있기 때문이다. 『우연의 신』에서 그와여자의 만남을 지극한 우연으로 본다면 그 드라마틱한 만남을 가능하게, 아니 상상하게 하는 지

점에 바로 조니 워커 화이트 라벨이 놓여 있다. 화이트 라벨은 실존하지만 이 소설에서 알려주듯 실제로 금방 생산이 중단된 불운한 위스키였으며, 그 불운함은—이 소설이 그런 역할을 해내었듯—두 사람의 운명적인 만남과 같은 행운의 이야기로 거듭 퍼져나가기도 하는 것이다.


우연의 힘


설명하기가 꽤 복잡하고, 때로는 그 복잡성 때문에 도무지 믿기 어려운 일이 있다. 이 소설에서 그와 여자는 그런 일에 연관해 만나게 된다. 그는 "기술적으로"(162쪽) 전 세계에 단 하나만 남은 마지막 조니 워커 화이트 라벨을 찾아 가져갈 임무를 띠고 프랑스 리옹으로 왔고, 그녀는 친하지도 않았을뿐더러 자신을 은근히 괴롭히기까지 하던 친구가 자신에게 남겼다는 유품을 찾으러 같은 곳에 왔다. 친구 엄마의 실수로 그녀가 잘못 전해 받은 유품이 그가 기필코 가져가야만 하는 바로 그 위스키라는 점에서 둘의 만남은 수많은 우연과 우연이 중첩되어 생겨난 절대적인 운명처럼 받아들여지기도 한다. 하물며 이들은 평소 자기 삶의 루틴을 철저히 지킴으로써 자신을 지키던 사람들이 아닌가. 소설은 이들이 이국의 낯선 땅에 당도하는 데에서부터 본격적으로 시작되는 것처럼 보이기도 하는데, 그와 여자가 각각 리옹에 온 것 자체가 이미 자기 삶의 패턴을 스스로 깨버린 것이나 다름없다는 점에서 '이 우연은' 특별하다. 별다른 개연성이 없어야 성립하는 것으로 여기기 쉬운 우연에 개인의 의도가 강력하게 개입한다는 것을, 혹은 개인의 과도한 자발성이야말로 필연보다 우연을 초래하기에 적합한 요소라는 것을 '이 우연'이 보여주기 때문이다.

하나의 사건과도 같은 이 우연이 발생하기 위해서 그와 여자는 어떻게 자기를 드러내는가. 그와 여자의 성격은 생활의 세부를 꾸리는 일에서부터 거의 정반대로 보인다. 그는 집 안의 모든 창에 커튼을 쳐두고 바깥을 내다보기를 꺼리며 지내지만, 그녀는 "답답한 건 견딜 수가 없"(43쪽)

기 때문에 집 바깥 풍경이 좋지 않아도 될 수 있는 한 커튼을 열어두고 지낸다. 철저히 계획된 시간과 공간 속에서 자신의 일거수일투족을 스스로 통제하는 그는 드레스룸에 여러 종류의 옷을 "한 치의 오차도 없이 깔끔하게"(13쪽) 정리한다. 반면에 헤비 스모커라 할 정도로 자기 취향을 무절제하게 따르는 여자는 "포장해 온 태국식 볶음밥과 만두를 용기째 들고 소파 위에 앉"(43쪽)아서 먹다가 그것을 아무렇게나 두기도 한다. 그런 이들에게 공통점이 생겼는데, 어느 날 갑자기, 말 그대로 우연히 겪게 된 '죽음'에 관한 경험이 그것이다.

그는 엉겁결에 남자를 만나게 된 날부터 예정에 없던 '남자의 일'을 맡아 프랑스로 오게 되는 날까지 모두 세 번의 죽음을 간접 경험한다. 그가 초짜 변호사를 통해 알고 있던 젊은 순경 '한'은 암으로 죽었고, 남자의 이야기에 따르면 화이트 라벨을 간절히 찾고 있는 의뢰자 '리즈 도로시 워커'도 암에 걸려서 죽음을 앞두고 있으며, 화이트 라벨을 갖고 있는 자로 곧 만나게 될 것이라

예상했던 '안영시-알리샤'는 그가 리옹에 도착한 시점으로부터 3주 전에 죽었다. 여자의 입장에서 역시 오래도록 잊고 지냈던, 혹은 도망쳐 왔던 프랑스에서의 기억을 떠올리게 한 고등학교 동창의 부고는 그녀의 일상을 뒤흔들 만한 일이 되기에 충분했다. 게다가 그가 평소와 다르게 텔레비전을 보다 소파에서 잠이 드는 바람에 화면을 통해서 '보고', 여자는 자신의 집에서 가까이에서 일어나 굉음으로 '듣게' 된 폭발사건은 공통적으로 그들에게 죽음에 가까운 잔상으로 각인되어 '거듭 체험하는relive' 일이 된다.

이들을 육박해온 죽음에 관한 경험은 아이러니하게도 이들을 '새롭게 살게re-live' 한다. 그는 프랑스에 도착해 임무를 해내는 과정에서 여자를 뒤따라 다니며 평소 자신이 해오던 일의 방식이나 일상을 꾸리는 루틴을 벗어나 비로소 "커튼과 창문 사이로 들어가 창밖을 바라보"(101쪽)게 된다. 여자 역시 그와 함께 대관람차를 타고 카페에 마주 앉아 대화를 나누며 낯선 이와의 친밀한 시간을 보낸 후 도망치듯 떠나와 그리워만 하던 파리로 가보겠다는 결심을 하게 된다. 그는 커튼을 쳐두고 안전하다 여기던 자기만의 공간에서 한 겹 벗어나 '바깥'과 만나게 되고, 여자는 오래도록 방치했던 의문이자 파리를 생각할 때 겪게 되는 슬픈 감정과 같은 낯선 세계에 관한 이질감을 해소하기 위해서 그곳으로 가게 된다. 그의 말대로 그들은 무언가를 "그냥 처음부터 가지고 있지 못했을 뿐"이거나, 여자의 말대로 그들을 그저 알 수 없는 새 "잃어버린 게 있"(136쪽)을 수 있는데 그 결핍의 자리에는 공통적으로 자기 삶이 놓여 있다. 제 삶이 어떻게 생겨서 어떤 방식으로 흘러갈지를 그저 내버려두고 지켜보는 게 아니라 그것에 조금 더 가까이 다가가서 어떤 식으로든 대면하려는 태도가 이들에게 생겨난 것이다.


우연 이후


가질 것을 웬만큼 가진 자들도 자세히 들여다보면 나름의 결핍과 불안을 품고 살고 있으며, 그런 이유로 예기치 못한 어느 한때 발을 헛디디듯, 우연히 여태까지와 다른 방식과 방향으로 제 삶을 이끌어갈 수도 있다는 것을 말하는 데에서 이 이야기는 그치지 않는다. 그 찰나의 변경 내지 변화가 그 우연의 주인에게 행운인지 불운인지를 끝내 알려주지 않고, 이야기는 비 오는 밤, 낯선 도시의 낯선 사람들 속으로 흩어져버리며 끝난다. 그로써 이 이야기는 그와 여자의 만남을 세상에 유일한, 운명과도 같은 만남으로 만들지 않는다. 오히려 그와 여자의 만남을 계속 우연으로 남겨둠으로써 그들이 각자 지켜온 이전의 삶을 부정하지 않는다는 말이다. 필연과 달리 우연은 어떤 일이 발생했을 때 그와 전혀 다른 방식과 결정을 상상해보게 하는 말이기도 하다. 흔히 어떤 일이 우연히 일어났다고 말할 때, 그 말 속에는 그 일이 일어나지 않았을 경우의 확률이 훨씬 더 크게 자리하고 있지 않은가. 그러니 그들의 만남을 우연하다고 판단한다면 그 속에는 일종의 후회나 원망 같은 것도 은근히 작용하게 될 것이다. 여자는 그에게 자신의 개를 부탁하며 집 열쇠를 주고, 그는 처음 만난 여자의 부탁을 수락했지만 이들이 이 드라마틱한 대화를 계속 이어나갈 수 있을지 미지수인 이유가 여기에 있다. 비가 그치고 낮이 되어 자신이 처한 곳이 어디인지를 분명하게 파악할 수 있는 때가 오면 어쩌면 이들은 원래 자신의 삶을 좀 더 긍정하는 방식으로, 그러니 이 우연한 만남을 비교적 부정하는 방식으로 되돌아갈 수도 있기 때문이다.

그러니 자기 삶을 어떻게 해석할 것인가 하는 문제가 이 소설의 핵심에 있다고 하겠다. 삶을 해석하는 일은 언제나 지금을 직시하는 것, 현재를 감각하는 것으로만 가능하기 때문이다. 새삼스러운 말이지만 현실은 누구에게나 확고부동한 것으로 놓여 있지 않고 그것을 사는 사람에 따라서 변화하는 상태로 있다. 소설의 말미에서 파리로 가는 기차 안에서 고요히 잠든 여자와 그녀를 바라보는 그의 불안한 시선, 갑자기 멈춘 기차에 잠에서 깨 불안함에 울음을 터뜨리는 여자와 그런 그녀의 심정을 이해해보려 애쓰는 그의 침착한 마음, 멈춘 기차 밖으로 나온 사람들의 저마다 다른 기다림의 방식들. 이것은 우리가 현실을 어떻게 해석하고 받아들이고 결국에는 서로가 완전히 다른 현실을 살아가게 되는지를 상상해보게 하는, 아주 짧고도 긴 장면들이다.

마지막으로 오래전에 자신을 괴롭히던 친구가 유품으로 남긴 편지에서 "엿 먹어라"라는 문장을 발견했을 때 여자는 어떤 기분으로 무슨 생각을 했을지를, 그것이 주인을 잘못 찾은 편지라는 것을 아는 그가 여자를 따라 기어코 파리에 가서 말도 안 되는 여자의 부탁을 수락하는 이유가 무엇일지를 상상해본다. 그것은 낯선 곳에 홀로 남겨져 비로소 자신의 상태를 제대로 인지하고 큰 슬픔에 빠진 그가 이 세상에 '마지막'으로 남은 조니 워커 화이트 라벨의 운명을 상상해보는 일처럼 "죽지 않고 이 세계를 영원히 떠돌게" 되는 이야기가 될 것이다. 이것은 손보미의 소설이 보여주는 이야기의 힘이기도 하다. 누군가의 현실은 이 힘을 입어 조금 더 용기를 내게 될 것이다.

# 우연의 신

지은이 손보미
펴낸이 김영정

초판 1쇄 펴낸날 2019년 1월 25일
초판 3쇄 펴낸날 2023년 5월 5일

펴낸곳 (주) 현대문학
등록번호 제1-452호
주소 06532 서울시 서초구 신반포로 321(잠원동, 미래엔)
전화 02-2017-0280
팩스 02-516-5433
홈페이지 www.hdmh.co.kr

ISBN 978-89-7275-966-9 04810
      978-89-7275-889-1 (세트)

* 책값은 뒤표지에 있습니다.